Trotter

Guendalina

Violet / Belfagor

Mr. Forcent

Beppa Janez

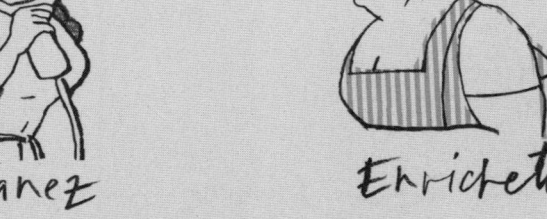

Enrichetta

L'Università di Tuttomio

A Gianna e Roberto Denti,
costruttori di legami.

L'università di Tuttomio
di Fabrizio Silei
illustrazioni di Adriano Gon

© 2017 Editrice Il Castoro Srl
viale Andrea Doria 7, 20124 Milano
www.castoro-on-line.it
info@castoro-on-line.it

Prima ristampa

ISBN 978-88-6966-176-1

Fabrizio Silei

L'Università di Tuttomio

Illustrazioni di Adriano Gon

il castoro

1.

Una coppia FELICE

Al tempo di questa storia il signore e la signora Smirth erano già una coppia di mezz'età e non avevano avuto figli. A dire il vero non solo non ne avevano avuti, ma non avevano neanche mai preso in considerazione quell'eventualità.

Entrambi detestavano i bambini: rumorosi, lamentosi, esigenti, costosi da mantenere e... sempre fra i piedi. Perfino nelle loro vacanze in giro per il mondo cercavano di evitare i luoghi frequentati dalle famiglie. Da quando si erano conosciuti e sposati, quindici anni prima, non avevano mai sentito la necessità di affrontare l'argomento, lieti com'erano di aver trovato l'uno nell'altra un'invidiabile comunione d'intenti e di vedute.

Gli Smirth vivevano in una graziosa villetta in Ladbroke Road, ma passavano la loro giornata in una delle vie più esclusive di Londra, nel quartiere di Notting Hill, occupandosi dei loro affari. Per un colpo di fortuna erano riusciti a sistemare le loro attività una di fronte all'altra.

Sul lato destro della prestigiosa Portobello Road si era sistemato Gregor, con la sua agenzia immobiliare e d'affari

1

dal sapore d'altri tempi e la facciata dipinta d'un bel verde acqua, e sul lato sinistro, alla stessa altezza, si era collocata Katiuscia, con il suo negozio di antichità e arredamento *Smirth's Antiques*, decorato da una vetrina liberty dipinta di un bel rosa shocking.

Questa deliziosa collocazione geografica permetteva loro di salutarsi dalle rispettive vetrine e di mandarsi dei vezzosi bacetti con la mano di tanto in tanto. Ognuno curava i propri traffici, e all'ora di pranzo si recavano insieme al *Café Restaurant Roald Dahl*, un elegante ristorantino posto al termine della via, dove pranzavano raccontandosi allegramente degli affari che avevano concluso nella mattina.

L'alto tenore di vita permetteva loro di non farsi mancare nulla. Dal primo al dessert non saltavano mai nemmeno una portata e i loro passatempi preferiti erano viaggiare, contare i soldi che andavano accumulando in banca e sui vari libretti di risparmio, e rimembrare insieme l'elenco delle loro proprietà immobiliari.

«E poi non dimenticarti la casetta in campagna a Nottingham!», diceva il signor Gregor, contento di poterla aggiungere all'elenco che stavano compitando a memoria seduti al solito ristorante.

«Già. Bravo! Me n'ero quasi scordata. E il fondo commerciale nella City? Che dici, sarà il momento di venderlo?»

Questa la natura dei loro discorsi. Tranne quando a far loro compagnia al tavolo del ristorante sedeva Mr Rogers, che aveva una piccola gioielleria sull'angolo della stessa strada. Questo accadeva immancabilmente tre volte alla settimana, il martedì, il giovedì e il sabato. I tre pranzavano allo stesso tavolo, ma, tutti e tre, chiedevano conti separati.

Con Mr Rogers, che arrivava sempre puntualissimo, si intrattenevano a discutere di politica e di affari, di viaggi di lusso e di pietanze prelibate, o di cashmere e scarpe di marca che i tre non si facevano certo mancare.

Si può senz'altro affermare che la colpa fu di quest'ultimo, di Mr Rogers, se le cose andarono come andarono. Fu proprio lì, infatti, al tavolo del *Cafè Restaurant Roald Dahl,* che iniziò tutta la storia.

Mr Gregor guardò l'orologio e chiese a Katiuscia: «Oggi è giovedì, giusto?».

«Giusto!», rispose la donna.

«Sono già le dodici e dieci. Giusto?»

«Giusto!»

«E Mr Rogers è in ritardo!»

«Non è da lui!», ammise la donna.

«Che facciamo? Cominciamo a ordinare?»

«Certo», convenne Katiuscia. «Arriverà! E se non arriva...»

«Chi se ne fregaaaa!!!», canticchiarono all'unisono, alzando le mani e agitandole come due banderuole sfarfallanti. Era una sorta di motto, di piccolo gioco lezioso che si erano inventati sin dai primi tempi del loro amore.

Un terremoto in Italia? "Spedite fondi. Un aiuto subito!", supplicava la radio o la televisione. E loro si guardavano con aria complice e sfarfallando le mani all'altezza delle orecchie canticchiavano: «Chi se ne fregaaaa!!!».

Tuttavia, quando il cameriere si avvicinò al loro tavolo

per l'ordinazione, Mr Gregor chiese se per caso avesse veduto Mr Rogers.

Il cameriere li guardò sbalordito e divenne serio: «Come? Non lo sapete?».

«Cosa non sappiamo?», domandarono i due.

«La donna delle pulizie l'ha trovato morto stecchito stamattina. Stroncato da un infarto mentre lucidava la sua collezione di monete antiche!»

«Ma non è possibile!», ribatté incredulo Mr Gregor, prendendo ad arricciarsi con una mano il cespuglio di peli che gli fuoriusciva dall'orecchio destro, come per capacitarsi d'aver udito bene. «Ha solo la mia età, solo quarantanove anni, siamo stati compagni di scuola!», e un brivido freddo gli corse lungo la schiena.

Il cameriere con il volto mesto allargò le mani, come a dire: «C'è poco da fare», e poi aggiunse: «Se posso permettermi di consigliarvi, ho un ottimo roastbeef con Yorkshire pudding quest'oggi».

2.
Una grande IDEA

Dal giorno del ristorante e del passaggio a miglior vita di Mr Rogers, Mr Gregor iniziò a pensare all'eventualità della propria morte, e non solo della propria, anche di quella della moglie. Una malattia incurabile, un incidente stradale, un disastro aereo, perfino un attentato terroristico: nessuna possibilità rimase inesplorata. Di fronte allo specchio, dopo la doccia, si guardò la pancia enorme e concluse che stava invecchiando. Anche Katiuscia, che aveva dieci anni meno di lui ed era magra e nervosa come un chiodo, non era più una ragazzina. Ragion per cui dopo lunga riflessione si decise a sottoporle la sua idea.

Il colpo per la compagna fu durissimo.

«Eravamo d'accordo!», urlò Katiuscia isterica. «Avevamo detto niente animali! Né gatti, né stupidi cani da accudire fra i piedi... figuriamoci bambini!»

«Ma cara, cerca di capire, tutti i nostri soldi, le nostre proprietà, le azioni!!», le spiegò Mr Gregor. «Non vorrai che finiscano in mano allo Stato o a chissà chi!?»

«Non ho il senso materno! Dovresti saperlo!», replicò lei.

«Ecco come siete voi uomini! Tanto i figli li facciamo noi! Siamo noi che ci ammaliamo di parto e rischiamo la vita e andiamo in giro orribilmente sformate fra giramenti di testa e nausee. Avresti dovuto dirmelo che eri come tutti gli altri, che avresti voluto dei figli, e non ti avrei degnato di uno sguardo! Non voglio certe malattie, io!»

«Ma... Katiuscia, neanche io ho il senso paterno. E poi nel nostro caso non si tratterebbe propriamente di un figlio... non è questo...»

«Ah, no? E di cosa si tratterebbe allora?»

«Di... di... be'... di un erede! Vedila così: abbiamo bisogno di un erede! Di qualcuno che abbia il nostro sangue e si occupi di tutto ciò che abbiamo quando non ci saremo più. Qualcuno a cui insegnare tutto ciò che sappiamo e che faccia prosperare la fortuna degli Smirth, occupandosi delle case, delle proprietà e dei negozi...»

Katiuscia, con la lunga faccia cavallina corrucciata, rimuginò a lungo, protendendo in avanti, come un roditore, gli incisivi superiori. Sprofondata nella sua poltrona tulipano preferita, le braccia conserte e le secche e lunghe gambe accavallate, pensò a tutto e al contrario di tutto. Poi esplose in un urlo: «Il fatto è che sono troppo vecchia! Stupido! Ho quasi quarant'anni!».

«Su questo mi sono informato», ribadì calmo Mr Gregor. «La scienza ha fatto passi da gigante, la vita si è allungata. Nessun problema. Domani ho fissato un appuntamento dal nostro medico per una visita generale.»

«Sei proprio deciso allora?!», mugugnò Katiuscia, che iniziava a capire il senso dell'idea del marito.

«A meno che tu non voglia che i nostri beni passino allo Stato o... a tua sorella in caso di...»

«Noooo! A mia sorella e ai suoi figli no! Non avrà nulla da me... quell'arpia!!»

Gregor sorrise sotto i baffi, contento di aver toccato il tasto giusto e orgoglioso della tempra della moglie. Mancava ancora un ultimo dettaglio.

«Naturalmente non c'è bisogno che tu partorisca. Se proprio l'idea ti terrorizza si potrebbe sempre adottare il moccioso di qualcun altro... ce ne sono a centinaia che non vuole nessuno.»

«Nemmeno per sogno! Se è un erede che desideri, lo avremo, e avrà il nostro sangue, dovessi anche morire per questo. Nessuno che non sia nostro figlio toccherà la nostra roba!»

Si abbracciarono contenti.

Un mese dopo la signora Smirth annunciò al marito di essere incinta e di sentirsi uno schifo, ma era fatta.

3.
L'erede

Incurante del pancione, che sul suo fisico smilzo sembrava una specie di protuberanza anomala, Katiuscia seguitò a lavorare e a vivere come se nulla fosse fino alla notte di metà agosto in cui il bambino decise di nascere e a causa dei fianchi esili della madre si aprì la strada aiutato da un valente medico, con un perfetto taglio cesareo.

Giunti di corsa all'ospedale e trovatisi nella necessità di dare un nome al nascituro, decisero di chiamarlo Primo. «E ultimo!», come ebbe a dire stremata la povera Katiuscia, che avrebbe ricordato l'esperienza come una delle vicende più amare e sgradevoli della sua vita.

«Sì», disse il signor Gregor. «Lo chiameremo Primo perché nostro figlio dovrà essere sempre il primo e ricordarsi che prima di tutto dovrà pensare a se stesso e poi, solo poi, *molto poi*, a tutto il resto!»

Una volta portato a casa il piccolo sottobraccio come un pacco di documenti, i due coniugi si resero subito conto che per loro sarebbe stato impossibile occuparsene.

«Di allattarlo non se ne parla!», esclamò Katiuscia. Men

che mai si sarebbero ricordati di pappe e pannolini. La sola idea faceva venir loro il voltastomaco.

Misero così un annuncio sul giornale come non se ne vedevano più dagli inizi del secolo. Recitava così:

AAA.BALIA DA LATTE CERCASI

per accudire moccioso. Offresi congruo compenso, vitto e ospitalità in zona esclusiva di Londra. Astenersi perditempo, ladri, disordinati e maleodoranti.
Mr e Mrs Smirth Tel. 020-5241687

Esattamente ventiquattro ore dopo si presentò alla loro porta Enrichetta Stevenson, giunta direttamente dalla campagna. Trattavasi di una giovane donna estremamente florida, dall'aria semplice ma sana e con un sorriso buono da far invidia a San Cristoforo.

La donna aveva appena svezzato il suo ultimo figlio e per necessità l'aveva affidato alla sorella, recandosi in città dalla sua fattoria per prendere servizio dagli Smirth.

Per Gregor e Katiuscia si trattò di una vera e propria benedizione. Di lì a poco poterono dimenticarsi del figlio, affidato completamente alle cure e alle tenerezze di quella giovane donna dal volto paffuto e roseo come una melina, la cuffia candida e il grembiule ricamato sempre lindo di bucato.

Naturalmente, l'avevano messa alla prova. La prima settimana di permanenza della balia presso di loro avevano disseminato la casa e anche il bagno di monete, banconote e posate d'argento, eseguendo una precisa mappatura delle posizioni. Incredibilmente, niente era stato toccato dalla tranquilla villana.

Convennero che si trattava evidentemente di una stupida. Ma di una stupida onesta. E questo permise loro di affidarvisi completamente e chiuse la questione "gestione del pargolo" una volta per tutte.

Il loro rapporto con Primo poté così limitarsi al monitoraggio. L'osservavano crescere curiosi, come si fosse trattato di un grosso fungo, e insieme conteggiavano le spese.

«Quanto mangia questo moccioso! E quanto ci costa!», si lamentava Katiuscia.

«Cara, lo sai, non devi considerarlo un costo, ma piuttosto un investimento sul futuro!»

Mentre gli Smirth erano al lavoro, Enrichetta Stevenson, struggendosi di nostalgia per i figlioletti lontani, riversava le sue cure amorose sul piccolo Primo. Fra poppate, ninne nanne, filastrocche, ruttini, giochi e bagnetti, i due passavano insieme giorni sereni. Il bambino cresceva bene e in fretta e presto sul suo volto si stagliò un sorriso beato. Enrichetta aveva sempre con sé una piccola macchina fotografica e non faceva che fotografarlo, ma sempre quando i genitori non la vedevano, per timore d'irritarli. Da lì a un anno iniziarono i primi passi, e la donna ebbe il permesso di condurre con sé il bimbo fino alla fattoria per farlo giocare con i suoi figli nel fine settimana.

Gregor e Katiuscia furono felici di ritrovarsi liberi nel weekend, così felici di non avere estranei per casa da non lamentarsi quando si instaurò l'abitudine di non tornare dalla campagna e di allungare la permanenza da un fine settimana all'altro. Con la scusa dell'aria buona, della compagnia e del latte appena munto, si erano liberati del moccioso. Primo fu definitivamente affidato a Enrichetta Stevenson. L'operazione, secondo i loro calcoli, comportava un notevole risparmio in elettricità, riscaldamento e vitto. Non appena il bambino avesse cominciato a capire qualcosa del mondo se lo sarebbero ripreso e avrebbero iniziato a educarlo perché potesse soddisfare allo scopo per il quale lo avevano generato.

Per intanto Primo, compiuti due anni, correva dietro ai polli, cavalcava i maiali, carezzava i gatti e giocava con i tanti bambini della fattoria, mostrando una tempra nobile e coraggiosa.

A quattro anni il bambino parlava già egregiamente, e nelle rare occasioni in cui li vedeva, si rivolgeva ai genitori con grande educazione.

A cinque era diventato, senza avvedersene ma con incredibile naturalezza, il capo indiscusso dei ragazzini, e si tuffava con entusiasmo in avventure mozzafiato fra i grandi pascoli verdi e i boschetti di querce.

A sei cominciò a frequentare la piccola scuola di campagna, dimostrandosi un ottimo scolaro.

A otto anni compiuti, infine, vedendolo molto cresciuto e in grado di leggere e scrivere, i coniugi Smirth dovettero cedere all'evidenza. Era giunto il momento: adesso che con il bambino si poteva ragionare, dovevano occuparsene loro. Fu così che Gregor e Katiuscia licenziarono Enrichetta e recuperarono Primo dalla fattoria.

Fra pianti e abbracci, formulando innumerevoli volte la promessa di non perdersi di vista, Enrichetta e Primo si salutarono. L'addio fu straziante, dal momento che, in pratica, fu come strappare un figlio alla propria madre e nondimeno, implicitamente, ai suoi fratelli. Sotto lo sguardo più infastidito che imbarazzato dei genitori naturali si concluse l'addio. Enrichetta si offrì addirittura di seguitare gratis ad accudire Primo, ma nonostante la parola *gratis* avesse sedotto non poco i coniugi Smirth, i due alla fine convennero che no, che ormai era davvero inevitabile: sarebbe stato compito loro occuparsi dell'educazione del Coso, sì, del bambino, insomma.

4.

Al lavoro con MAMMINA

Primo non era troppo alto, ma era robusto e forte, aveva due grandi occhi azzurri e curiosi e un volto largo e dolce, con due guanciotte rosee spinte in alto dai suoi frequenti sorrisi. Non essendo mai stato sgridato aspramente e tanto meno picchiato, conservava una grande fiducia nella vita. Tutti nella fattoria e anche in paese l'avevano sempre coccolato e non vedeva motivo perché anche in città con i suoi stupendi genitori che l'avevano fatto crescere con Enrichetta non dovesse esser così.

«Allora... bambino!», disse Mr Gregor. «Anzi... mmm... figliolo...», si corresse.

«Sì, papà?»

«Oramai basta con la campagna! Adesso che sai leggere e scrivere, da settembre andrai in una scuola vera. Nel frattempo, verrai con me e Katiuscia, cioè... mam... mamma, in negozio, dove ti insegneremo il senso della vita e degli affari. D'accordo?»

«D'accordo?», domandò a sua volta Katiuscia arricciando il naso e sporgendo i denti cavallini.

A Primo piaceva molto andare a scuola in campagna, dove l'anziana maestra Sullivan faceva cantare filastrocche, giocare con i numeri e passeggiare in cerca di foglie lui e i suoi cinque compagni, ma per non essere scortese rispose: «Sì, mammina. Sì, papino!».

I due a quella risposta sentirono un brivido lungo la schiena. Si consultarono parlottandosi nelle orecchie e annuendo.

«Senti bam... bino...», disse imbarazzato Mr Gregor. «Io e tua madre preferiremmo essere chiamati Mr Gregor e Mrs Katiuscia. Se non ti dispiace. Lo sappiamo di essere parenti. Non importa ripeterselo continuamente. Da parte nostra... bam... bino, ti chiameremo Primo. D'accordo?»

«D'accordo, mammina e papino!», disse Primo entusiasta.

«Forse non mi sono spiegato, Primo!», ritentò Mr Gregor. E rispiegò tutto daccapo domandando: «D'accordo?».

«D'accordo, papino Mr Gregor e mammina Mrs Katiuscia!», rispose Primo raggiante.

"È un bambino intelligente", pensò Mr Gregor sbalordito, "piano piano imparerà. Procediamo per gradi".

E così si avviarono verso le rispettive botteghe. In quella via, da quando era nato, nessuno aveva mai visto l'erede degli Smirth. Ogni negoziante, vecchio o giovane, passò quindi dall'agenzia per stringergli la mano, e Primo fu gentile ed educato con tutti. Anzi, si gettò su ognuno di loro per abbracciarli stretti, come si faceva in campagna da Enrichetta. Ma suo padre, imbarazzato, trattenendolo per il colletto, dopo i primi due abbracci gli spiegò che lì si era a Londra, non in campagna, e che una stretta di mano era sufficiente e... da preferirsi.

Poi passarono dall'agenzia al negozio di Katiuscia.

«Vedi», spiegò Mr Gregor entrando. «Tutto questo è nostro, quindi anche tuo. Capisci?»

Il bambino si guardò intorno meravigliato e annuì.

Quando Mr Gregor se ne andò per occuparsi dei suoi affari, Primo rimase solo con sua madre. «Adesso, Primo», disse Katiuscia, «siediti su quella sedia e stai buono».

Entrarono dei clienti interessati a un vaso e Katiuscia concluse la vendita mostrando a Primo la sua abilità. O meglio, gliela avrebbe mostrata volentieri, ma lui si era distratto seguendo una mosca che volava sulle porcellane.

«Vieni qua, Primo!», urlò richiamando l'attenzione del bambino. «Dai tu il resto ai signori!», e fece vedere al bambino come aprire la cassa azionando i vari pulsanti.

Fu una grave imprudenza, le cui conseguenze si rivelarono di lì a poco, quando Katiuscia uscì per raccontare della vendita del vaso a Mr Gregor, raccomandando a Primo di non muoversi, giacché sarebbe tornata in un lampo. Ma Mr Gregor era al telefono con un cliente, e Katiuscia dovette attendere il termine della telefonata più del previsto.

In quel mentre passò dal suo negozio Mr Hurp, uno degli accattoni che capitavano di tanto in tanto nella via in cerca di qualche spicciolo, e trovò il bambino solo.

«C'è nessuno?», domandò, infilando nel negozio il testone coperto da un berretto pulcioso, ma già pronto in cuor suo a fare dietrofront.

«Ci sono io!», disse Primo, senza muoversi dalla sua sedia.

«E tu chi sei?», domandò il barbone ravversandosi il colletto logoro della camicia e riuscendo infine a scorgere la sommità della testa di Primo dietro al registratore di cassa.

«Sono Primo, il proprietario!», rispose il bambino sorridendo. «Con chi ho il piacere?»

«Io sono Mr Hurp!», spiegò l'uomo dandosi un tono d'importanza. «Sei solo?»

«Sì», rispose ingenuamente Primo.

«Sa, signor Primo», esordì Mr Hurp. «Ho avuto adesso la sfortuna di essere derubato in mezzo alla strada: che tempi! Che tempi! Così mi chiedevo se lei, signore, avesse da prestarmi dieci sterline per un taxi, giusto per tornare a casa, nella mia villa. Naturalmente gliele restituirei domani passando di qui!»

«Certo, signore!», disse Primo senza esitare un attimo, e fece suonare il campanello della cassa.

Mister Hurp si avvicinò con gli occhi pieni di cupidigia: «Non ne avrebbe venti? Sa... abito lontano!».

«Ho solo un pezzo da cinquanta», spiegò mortificato Primo. «Temo che dovrà accontentarsi!»

«Vabbè, meglio di niente. Cinquanta va benissimo!», disse l'uomo strappandoglieli di mano e ringraziando, e per paura che il bambino cambiasse idea infilò la porta appena in tempo per incrociare Katiuscia. La donna si tappò il naso per la puzza.

«Chi era quello? Che voleva?», domandò allarmata. «Ha preso qualcosa?»

«No!», rispose Primo serenamente. «Era Mr Hurp! Il signore era appena stato derubato e gli ho prestato cinquanta sterline per il taxi, mammina! Per raggiungere la sua villa!»

«Cosa?», urlò Katiuscia spettinando letteralmente il figlio. «Ma... Ma... Insomma, ma erano soldi tuoi!?»

«Sì, mammina, come mi ha spiegato papino Mr Gregor, tutto qui è anche mio!»

Senza rispondere, la donna corse fuori urlando: «Al ladro! Al ladro!». Chiamò il marito e si dettero all'inseguimento. Perlustrarono la via palmo a palmo, ma del mendicante nemmeno l'ombra. Alla fine, rassegnati, decisero di andare dalla polizia e compilarono una dettagliata denuncia.

Un'ora più tardi, mentre arrabbiatissimi tornavano indietro, traversando la strada di fronte al negozio incrociarono un'anziana signora con un vaso cinese della dinastia Ming in braccio.

«Guarda, caro!», disse Katiuscia. «Un vaso simile a quello che ho io in negozio!»

La signora salì su un taxi e partì.

Quando rientrarono alla *Smirth's Antiques*, Primo li aspettava con cinquanta sterline.

«Guardate, Mr e Mrs papino e mammina!», disse trionfante.

«Il manigoldo è tornato a riportarti i soldi?», domandò incredula Katiuscia che conservava ancora un residuo della puzza del mendicante nelle narici.

«No!», disse Primo orgoglioso. «Mr Hurp verrà domani, questi li ho guadagnati vendendo un vaso!»

La testa di Katiuscia prese a girare.

«E dov'è il resto?»

«Non ho dato nessun resto», disse Primo.

«Dov'è il resto dei soldi, idiota!», urlò Katiuscia.

«La signora aveva solo cinquanta sterline. Mancavano solo due zeri, ma lo desiderava tanto e be', uno zero è uno zero, ho pensato. Adesso però è una nostra affezionata cliente. Ha promesso che tornerà, mammina!»

Ma mammina non lo ascoltava più! Katiuscia era svenuta fra le braccia di Mr Gregor, che a sua volta era svenuto sul divano; il divano si era ribaltato e aveva colpito un cassettone Luigi XV, il quale, a sua volta, crollando all'indietro, aveva gettato a terra una lampada Tiffany in vetro soffiato, che cadendo aveva urtato una cariatide in marmo, facendola rovinare a terra.

Al termine di questa costosa serie di *a sua volta*, si sentì solo il rumore della testa della statua che rotolava fino ai piedi di Primo.

«È chiaro!», disse Mr Gregor, quando si riprese. «Siamo stati precipitosi. Il bambino non sa nulla! Ha sempre vissuto fra gente semplice, galline e maiali! È uno sciocco senza malizia! Le cose gli vanno spiegate. Domani lo porterò con me in ufficio e gli farò lezione.»

Katiuscia, pallida come un lenzuolo, appoggiata al bancone, davanti all'adorato registratore di cassa, respirava a fatica. Con gli occhi iniettati di sangue urlò: «Sarà meglio per tutti! Per adesso toglimelo dai piedi e dalla vista!».

Primo, che si era distratto guardando il tappeto persiano dove dei cavalieri cacciavano un pavone, non l'udì nemmeno. Sollevando la testa la guardò sorridendo beato. I suoi genitori dovevano essere molto stanchi per crollare di sonno in quel modo. Solerte andò a raccogliere la testa della statua e guardando la madre negli occhi la rassicurò: «Non ti preoccupare, mammina. Con un po' di colla te l'aggiusto io!».

5.

Al lavoro
con PAPINO

Katiuscia dovette lottare con le unghie e con i denti per recuperare una piccola parte dei danni dall'assicurazione, e i suoi nervi ne rimasero assai scossi.

«L'hai voluto il Coso... Come si chiama... L'erede! E ora eccotelo!»

«Primo, si chiama Primo...», precisò Mr Gregor caricando la pipa, con le gambe stese e i piedi poggiati su un pouf di velluto color verde marcio.

«Sì, appunto, Primo, o come diavolo si chiama. L'hai voluto, e io l'ho prodotto. Adesso però devi occupartene tu. È un maschio come te, devi pensare tu alla sua educazione...», seguitò concitata. «E, soprattutto, ripeto, soprattutto, non deve rimettere piede nel mio negozio fino a che non avrà vent'anni e l'avrai educato a dovere. Intesi? Siamo in-te-si?»

«D'accordissimo», ammise Mr Gregor placidamente, liberando nell'aria due anelli di fumo all'aroma di rosa del suo tabacco da pipa preferito.

«Del resto», precisò la donna, «le tue scartoffie, per quanto preziose, almeno non si rompono!».

Inutile dire che mai affermazione di donna risultò più improvvida.

Mr Gregor portò subito Primo da un sarto e gli fece confezionare in tempo record un completo gessato con cravatta nera e camicia bianca, da vero uomo d'affari.

«Come mi diceva sempre mio padre, caro Primo: se proprio devi essere un bambino, cerca almeno di non sembrarlo e di non comportarti come tale. È il minimo che tu possa fare. La mia infanzia non ha avuto niente a che vedere con stupidaggini come aquiloni, soldatini e altre perdite di tempo. Ho sempre dovuto lavorare sodo, io, e quello che diceva mio padre a me andrà bene anche per te. D'accordo?»

«D'accordo, papino Mr Gregor.»

Il signor Gregor alzò gli occhi al cielo. Cominciava a dubitare dell'intelligenza di suo figlio. Evitò di correggerlo per l'ennesima volta e il mattino dopo lo introdusse nella sua agenzia. La vetrina era colma di annunci di compravendita di case, magazzini, terreni e uffici, ma vi si offrivano anche pacchetti azionari in trattativa riservata e in generale occasioni d'investimento d'ogni tipo. Su alcuni era evidenziata in rosso la scritta: OCCASIONE D'ORO, che nella mente di Mr Gregor era un sinonimo di GROSSA FREGATURA.

L'interno era il classico ufficio inglese in stile ottocentesco. Diverse cartelle di pratiche erano accatastate su una grande scrivania di rovere, dietro la quale era appeso un dipinto a olio di modesta fattura raffigurante due cani da caccia che puntavano dei fagiani, il cui unico scopo era quello di occultare una robusta e antiquata cassaforte Rottermeier.

Sulla destra, appena coperta da un paralume verde acqua, c'era la foto di Katiuscia, che per la distorsione causata dall'obiettivo grandangolare dell'automatica di Mr Gregor, sembrava più in carne e somigliava terribilmente a un criceto. Sulla sinistra c'era invece una foto di Mr Gregor adolescente, vestito con un completo gessato, in compagnia del padre, al quale con gli anni aveva finito con l'assomigliare come una goccia d'acqua.

D'intorno ancora annunci, massicce librerie piene di schedari e un computer polveroso su un tavolo, sul quale era poggiato anche un grande plastico tridimensionale. Si trattava del progetto di un complesso urbano che aveva tutta l'aria di un centro commerciale, circondato da giardini, parcheggi e abitazioni.

«Oggi, Primo, siamo qui per concludere l'affare più importante dell'anno, del quale io sono il mediatore e l'ideatore!», spiegò Mr Gregor, gonfiandosi d'orgoglio e indicando il grande plastico.

«Se va in porto, diventeremo ancora più ricchi!»

Primo lo guardò a occhi spalancati.

Incoraggiato dall'interesse che sembrava mostrare il figlio, Mr Gregor si profuse in spiegazioni.

«Noi vendiamo il terreno e il progetto. Il terreno non vale niente, e, per giunta, nessun centro commerciale ci potrà mai essere costruito», disse sorridendo di soddisfazione. «Ma il cliente ha denaro da investire, ha fretta, e sa che è un'occasione da non perdere. Sfortunatamente non ha avuto la prontezza di fare i rilievi geologici, perciò ignora che il terreno è una sorta di cacio con i buchi, argilloso e umido, e che costruirci sopra costerebbe troppo, perché si dovrebbero fare fondamenta molto, molto profonde... Oggi venderò il terreno e il progetto e poi, solo poi, molto poi, mi rammaricherò io stesso di non aver mai saputo nulla dello stato geologico del terreno... Capisci?»

Primo capì benissimo, sentì la testa che gli girava e disse: «Ma il signore che compra il terreno non rimarrà dispiaciuto quando scoprirà che non può costruirci nulla? Non sarebbe meglio dirglielo subito?».

Mr Gregor, che non si aspettava quell'obiezione, tossicchiò imbarazzato, e seguitò in tono grave e meditabondo, cingendo le spalle del figlio con le mani e guardandolo dritto negli occhi: «Ehm... Ehm... Caro Primo... Come hai ragione, e allo stesso tempo quanto hai torto! Il tuo ragionamento non fa una piega, se non fosse che nel mondo degli affari, il mondo in cui viviamo noi, le cose vanno un po' diversamente: *Mors tua vita mea!*», sentenziò, senza pensare che un bambino inglese di otto anni e mezzo non poteva comprendere il latino. «Se potessi, certo, direi senz'altro a Mr Johnson che la terra che sta per acquistare non è buona nemmeno per seminare un ravanello. Ma non posso, vivo nel mondo degli affari, io! Chi sono io per impedire a un uomo spudoratamente ricco di perseguire il suo sogno e buttare un po' di soldi dietro a un investimento sbagliato?»

Primo fece una faccia triste, capiva la buona fede del genitore e gli dispiaceva vederlo immerso in quella brutta situazione.

«Andiamo, adesso, e osserva come tratto con questi clienti. Un giorno sarai tu a farlo, quando tutto questo sarà tuo e sarai anche tu immerso nel mondo degli affari!»

«Io vorrei fare l'agricoltore e l'apicoltore!», affermò Primo ripensando a com'era stato felice nella fattoria di Enrichetta Stevenson e alla piccola scuola del paese.

«Ah, ah! Sei uno spasso, figliolo! L'agricoltore!», ripeté ridendo di gusto Mr Gregor. «Se è per questo, io da bambino volevo fare il pittore! Pensa un po'! Farai quel che sei nato per fare, caro Primo. Giusto?»

«Giusto, papino Mr Gregor! Quel che sono nato per fare! Proprio così!», ripeté Primo, contento dell'apertura mentale del suo papà. Un sorriso gli attraversò la faccia da parte a parte proprio mentre il campanello della porta annunciava l'arrivo di Mr Johnson, accompagnato dal notaio e dal segretario.

Mr Gregor si precipitò a stringer loro la mano e li fece accomodare.

Si sedettero intorno alla scrivania. Il notaio era grasso e basso, il segretario smilzo, ma con una grande testa e due orecchie a sventola che non avevano nulla da invidiare a quelle del principe Carlo. Mr Johnson era molto anziano, con i capelli bianchi e fluenti, e guardava tutto con due occhietti azzurri e curiosi che conservavano un non so che di infantile. Appena vide Primo gli sorrise affabilmente.

«E tu chi sei?», gli domandò protendendosi verso di lui.

«Mio figlio Primo...», intervenne prontamente Mr Gregor. «Mi permetta di presentarle mio figlio Primo che sta qui con me a imparare il mestiere.»

Mr Johnson lo guardò meravigliato. Si strinsero la mano. Ma Primo, dimenticatosi le usanze cittadine, fece un passo e abbracciò l'uomo d'affari con autentico entusiasmo. Questi divertito l'abbracciò a sua volta, e ridendo di gusto disse: «Questa sì che è una calorosa accoglienza!».

Mr Gregor prese Primo per il colletto e scusandosi imbarazzato lo tirò indietro.

«Che bambino affettuoso!», commentò Mr Johnson. «Non sapevo che avesse un figlio, Mr Gregor...» Poi sembrò riflettere fra sé. «Quanti anni ha?»

Mr Gregor ci pensò un istante, non ricordava da quanto tempo l'avessero prodotto, così si voltò verso Primo e gli ordinò zelante: «Su, da bravo... figliolo. Di' al signor Johnson la tua età!».

«Otto anni! Fra un po' ne compirò nove!», disse Primo entusiasta.

«Ah! Questa poi è bella. Non ho mai sentito una sciocchezza più grande. Imparare il mestiere a otto anni!»

Anche il notaio e il segretario si affrettarono a ridere compiacenti. Il milionario li gelò con un'occhiata stanca, come chi non ne può più di essere assecondato.

«Non è mai troppo presto per imparare, non crede, Mr Johnson?», domandò Mr Gregor togliendo il quadro dalla parete e iniziando ad armeggiare alla cassaforte.

«Piuttosto il contrario!», ribatté Mr Johnson. «Non è mai troppo tardi, vorrà dire! I bambini devono giocare, divertirsi, far volare aquiloni! Far correre trottole! Andare a scuola. Io l'ho fatto fino a trent'anni!», sospirò con lo sguardo sognante. «Poi mio padre morì e dovetti iniziare a occuparmi dei suoi affari.»

Mr Gregor gli sorrise, borbottò un «Certo, certo...», e sistemò il contratto per la firma sulla scrivania. Il segretario aprì la valigetta ed estrasse il carnet degli assegni, mentre il notaio già allungava il collo verso il documento e inforcava gli occhiali.

«Be', non ci offre niente, Mr Gregor?», domandò Mr Johnson strizzando l'occhio a Primo.

«Oh, certo, come no, scusatemi, un affare come questo abbisogna di un brindisi! Ho giusto uno sherry d'annata ottimo per l'occasione!»

«I bambini non possono bere sherry e anch'io, se non le dispiace, con questo caldo preferirei un gelato», affermò l'uomo divertito, e strizzò ancora l'occhio a Primo, che ricambiò sorridendo.

Il notaio e il segretario si dichiararono subito entusiasti all'idea del gelato e Mr Johnson volse rassegnato gli occhi al cielo.

«Mi spiace...», bofonchiò Mr Gregor piuttosto interdetto. «Naturalmente non ho gelati qui, ma mentre voi leggete e *firmate* i documenti, posso arrivare alla gelateria all'angolo.»

In realtà la gelateria era a due isolati di distanza, ma l'importante era che firmassero.

«Ottimo! Per me fragola e cioccolato!», disse Mr Johnson. Le ordinazioni fioccarono. Per Mr Gregor fu facile ricordarle dal momento che il segretario e il notaio dichiararono che fragola e cioccolato era anche i loro gusti preferiti e Primo scelse pistacchio e nocciola. Mr Gregor corse a prendere i gelati, nel frattempo il notaio lesse il contratto, il segretario rilesse, l'assegno fu firmato e posto sul tavolo.

Mr Johnson sfoderò la stilografica e fece per posare la punta sul foglio. Prima di firmare esitò un istante. Guardò il notaio, che annuì solenne, poi guardò il segretario, che fece lo stesso, più modestamente. Infine, chissà perché, guardò Primo, che scosse impercettibilmente la testa.

«Perché no?», domandò incuriosito e meravigliato Mr Johnson al bambino.

6.
Un gelato
con MR JOHNSON

Poco dopo Mr Gregor rientrò con i gelati su un vassoietto di carta, appena in tempo per incrociare Mr Johnson che si stava alzando per uscire con la sua delegazione.

«Eccomi! Eccomi!», esclamò ansante. «Parola mia, questo è il gelato più buono d'Inghilterra!»

Mr Johnson si rimise a sedere calmo, prese il suo gelato, passò un'altra coppetta a Primo che iniziò a mangiarla di gusto. Sconcertati, anche i suoi due sottoposti presero il gelato e iniziarono a mangiarlo.

«Vedo che non avete ancora firmato...», fece notare perplesso Mr Gregor, che per uno strano presentimento cominciava a sentire un gran caldo e a sudare.

Capì che c'era un'atmosfera insolita nell'aria. Mr Johnson mangiava il suo gelato divertito e lo guardava. Passò una mano fra i capelli di Primo in una leggera carezza. Poi si sfilò l'assegno di tasca, lo mostrò a Mr Gregor, e invece di consegnarglielo, sotto i suoi occhi esterrefatti lo strappò in due e ci si pulì la bocca, quindi lo appallottolò e lo gettò nel cestino.

«Ma cosa...?», esclamò Mr Gregor.

Mr Johnson passò il contratto al segretario e al notaio. Questi se lo divisero strappandolo a metà, si pulirono la bocca con alcune pagine e le gettarono via subito dopo.

«Ma insomma! Che significa?!», domandò irritato e incredulo Mr Gregor.

«Significa due cose, Mr Gregor», prese a dire Mr Johnson quasi divertito, mentre si gustava le ultime cucchiaiate di gelato. «Anzi, tre: la prima è che suo figlio Primo è forse l'unica persona onesta che ancora calchi il suolo d'Inghilterra ed è stato in grado di dirmi ciò che per lei, a quanto ho compreso, era impossibile dirmi perché "fa parte del mondo degli affari": la verità. La seconda è che se non la denuncio è solo perché lei mi fa letteralmente pena.»

Finita la frase, sotto lo sguardo basito di Mr Gregor e il sorriso soddisfatto di Primo, si avviò verso la porta seguito dai suoi leccapiedi.

Mr Gregor si riprese e domandò assurdamente, come se fosse importante: «E la terza? Ha detto tre cose!».

Mr Johnson si soffermò sulla porta e voltandosi aggiunse in tono solenne: «Su una cosa aveva ragione!».

«Quale?»

«Il suo è il gelato più buono che abbia mangiato in vita mia!», fece un cenno cordiale all'indirizzo di Primo e aggiunse: «Sono in debito con te, figliolo, ma avrai presto mie notizie!».

Quando la porta si chiuse Mr Gregor si voltò verso Primo, si gonfiò di rabbia, divenne rosso e urlò fuori di sé: «Tu

sei la mia disgrazia! Ma ti insegnerò io a stare al mondo!»,
e si avventò sul bambino che, compresa la situazione, fuggì
svelto come un gatto. Mr Gregor lo chiuse in un angolo.
Primo, vedendosi perduto, si arrampicò sulla libreria come
su una scala, fino all'ultimo ripiano, ma non fu abbastanza
svelto. Il padre lo afferrò per un piede e fece per tirarlo giù.
Fu una pessima idea: Primo si aggrappò alla libreria, e questa venne giù rovinando su Mr Gregor, mentre lui volava in-
colume sulla poltrona di cuoio dietro le spalle del genitore.

Seguì un attimo di silenzio irreale.

Primo saltò giù dalla poltrona e chiamò: «Papino Mr
Gregor!?».

«Ohi, ohi, ohi...», fu l'unica risposta che salì da sotto la
montagna di schedari, raccoglitori e documenti.

«Non ti preoccupare, papino, corro a chiamare aiuto!»

Quando arrivò l'ambulanza, Katiuscia chiuse i negozi e vi
salì, dimenticandosi completamente di Primo. Al ritorno
dall'ospedale, lo trovò che l'aspettava seduto sullo scalino
del suo negozio, con la schiena poggiata alla saracinesca rosa
shocking.

«Ah! Sei qui, tu! Già!», disse vedendolo, e prese a riferirgli
inviperita le condizioni del padre: venti giorni di prognosi,
testa fasciata per trauma cranico e una gamba fratturata all'altezza del femore, che richiedeva due mesi d'immobilità.

Primo si mise a piangere dal dispiacere, ma lo stesso lei si
rifiutò di rivolgergli la parola per il resto della serata.

Come se questo non bastasse, due settimane dopo arrivò

una lettera dalla banca che annunciava che Mr Johnson aveva stabilito un fondo di centomila sterline a nome di Primo, vincolate e intoccabili da altri fino alla sua maggiore età. Un biglietto autografo l'accompagnava con scritto: *Grazie, questi sono per aiutarti a realizzare i tuoi sogni!*

«In fondo è più di quanto avresti guadagnato tu di commissione», fece notare Katiuscia seduta a fianco del marito sul letto d'ospedale.

«Non è questo!», rispose Mr Gregor dolorante. «È una questione di principio! Non si guadagnano soldi così onestamente. E poi quelli sono soldi suoi, non miei, e vincolati fino ai suoi diciott'anni!», piagnucolò. «Devo trovare il modo di raddrizzare quel bambino!», concluse incattivito, grattandosi la gamba dentro il gesso con una manina d'avorio.

«Già, povero caro. Non potendolo ridare indietro, né sostituire, dobbiamo proprio raddrizzare quel Coso!», convenne Katiuscia stampando un bacio in fronte al marito. «E in ogni modo, consolati», aggiunse. «Quando compirà la maggiore età, anche quei soldi saranno nostri.» E un sorriso perfido le traversò il viso, scoprendo come un sipario i suoi enormi incisivi.

7.
Un REGALO per
farsi perdonare

Alcune settimane dopo, a cena, Mr Gregor sedeva con la gamba ingessata poggiata di fronte a sé su una sedia. Un silenzio di tomba regnava al tavolo dei tre commensali, appena scalfito dal rumore della loro masticazione. Katiuscia starnutì facendo tintinnare i vetri. Mr Gregor sobbalzò all'indietro e la sua poltrona si inclinò pericolosamente, rimase un attimo indefinibile in equilibrio sulle gambe posteriori e poi, per fortuna, ricadde in avanti al suo posto. Primo abbassò gli occhi sul piatto. Mr Gregor si interruppe e prese a grattarsi dentro la gamba con la manina d'avorio.

«Etciù!», Katiuscia starnutì di nuovo facendoli sobbalzare entrambi.

Primo allora si alzò e disse: «Mr papino e Mrs mammina, ho un regalo per voi... Vado a prenderlo!».

«Regalo?», domandò aggrottando le folte sopracciglia Mr Gregor. «Questa poi. Nessuno mi ha mai fatto regali! È una cosa troppo stupida buttar soldi in regali!»

«Te l'avevo detto di non dargli nemmeno un penny! Ha

le mani bucate!», sentenziò Katiuscia mentre Primo scompariva in camera sua.

«E infatti è quello che ho fatto!», precisò perplesso Mr Gregor.

«Etciù!», starnutì ancora Katiuscia, così sonoramente da far tintinnare tutti i calici di cristallo della loro vetrinetta.

«Hai preso il raffreddore, mia cara!», sentenziò Mr Gregor squadrandola con occhio clinico. «Vedi di non ammalarti o perderai un sacco di soldi al negozio e in medicine!»

Lei gli sorrise grata delle sue premure e tuffò il naso nel fazzoletto in tempo per reprimere un altro starnuto.

Alla comparsa di Primo si voltarono e con i nasi appuntiti rimasero curvi a guardare in direzione della porta. Il bambino teneva fra le mani una grande scatola di cartone.

«Non gli hai ancora spiegato che Regalo è morto? E che Prestito sta male?», sussurrò seria Katiuscia a Mr Gregor.

«Be'! In fondo basta che il valore resti in famiglia. Nevvero!?», puntualizzò Mr Gregor sorridendole affettatamente.

Katiuscia fece per sorridergli teneramente a sua volta, ma i denti da roditore comparvero appena fra le sottili labbra, perché starnutì ancora.

Quando Primo le si fece incontro, fu chiaro che si trattava di una grande scatola da scarpe infiocchettata. Tuttavia Katiuscia non riconobbe che era quella dei suoi stivali invernali.

«Per te, Mrs mammina!», le disse Primo porgendole la scatola che faticava a portare.

La donna, con gli occhi arrossati e offuscati dalle lacrime, tirò il fiocco e sollevò il coperchio. «Oh! Un collo di pelliccia!», esultò felice. Ma quando ci affondò dentro le mani adunche, il gomitolo di pelo si svolse e un gatto randagio mezzo spelacchiato le saltò sul viso, proprio mentre Primo spiegava contento: «No! Un micetto!».

La donna fece un tale balzo verso Mr Gregor e l'abbracciò con un tale impeto che questi capitombolò all'indietro, sbattendo la nuca sul pavimento. Poi fu sommerso dalle urla della moglie e da una pioggia di starnuti.

«Aaaah!!! Un gatto! Un maledetto gatto!», gridò Katiuscia e saltò sul tavolo. Quando anche il gatto saltò sul tavolo richiamato dall'odore del roastbeef, lei si aggrappò al lampadario, che però non la resse, sradicandosi e facendola cadere sul gatto, che scappò via spaventato. Katiuscia non fu da meno e corse a barricarsi in camera sua, fra starnuti e imprecazioni.

Primo, in piedi di fronte al padre disteso, nella penombra della stanza, accese un'abat-jour e disse quieto: «Il gatto si è spaventato, poverino. Pensavo di chiamarlo Oliver. Credi che a Mrs mammina sia piaciuto Oliver, Mr papino?».

«Fai sparire subito quel bestiooo!!!», gridò esasperato Mr Gregor e si rigirò sul pavimento come un'enorme salsiccia, trascinandosi dietro la gamba ingessata fino allo stipite della porta, dove rimase ad ansimare, con la schiena poggiata al muro e gli occhi fissi su Primo e iniettati di sangue. La nuca dolorante gli pulsava come un grande orologio da tasca.

Quando Primo vide come lo guardava, recuperò Oliver da sotto il divano e lo portò in giardino, richiudendosi la porta alle spalle.

«Adesso lavati le mani con sapone e varechina, disinfettale e va' a chiamare Katiuscia», ordinò Mr Gregor al figlio non appena Primo si ripresentò in salotto. «Convincila che non c'è più pericolo e dille che venga ad aiutarmi a rialzarmi!»

Primo obbedì e poco dopo si ritrovò seduto al tavolo, con l'abat-jour puntata in faccia e i suoi due genitori che lo torchiavano: «Dove cavolo hai trovato quel bestio?», domandò Mr Gregor sprezzante.

«Già! E come ti è venuto in mente di introdurre un animale in casa nostra?!», urlò Katiuscia, che aveva preso tre compresse di antistaminico ed era ancora più nervosa e intrattabile.

«Non sapevo che fossi allergica, mammina!»

«Mammina un corno! Sono allergica, sì! Perché tu lo sappia sono allergica a tutti gli animali, dai protozoi agli elefanti, bipedi, pinnati, quadrupedi e bambini compresiiii!!!!!»

Primo abbassò la testa. Per quanto si sforzasse non riusciva a capire. Forse stavano solo scherzando, gli sembrava impossibile che esistesse qualcuno a cui non piacessero gli animali.

«E poi!», lo incalzò Mr Gregor. «Hai mai visto animali in casa? Se li avessimo voluti li avremmo avuti!»

«Ma la casa è piena di quadri con scene di campagna e di cavalli e cani e c'è la scultura del gallo e dell'elefante! Voi amate gli animali!...», affermò Primo con un sorriso fiducioso.

Katiuscia e Gregor si fermarono come fulminati, si voltarono di scatto e le punte dei loro nasi quasi si sfiorarono.

Con gli occhi stralunati dissero all'unisono: «Noi? Amare gli animali!?», e scoppiarono in una risata isterica, gettando la testa all'indietro.

«Noi odiamo gli animali!!!», urlarono a una sola voce quando si ripresero.

«Sarò più chiaro», spiegò Mr Gregor. «Gli unici animali che ci piacciono sono quelli dipinti o morti: sì, il roastbeef è un animale che amo, e anche il salame, o il mocassino di cervo! Ma non quelli vivi, intesi?»

Il volto rosso e irato di Mr Gregor, le folte sopracciglia aggrottate, la bocca che mostrava i denti storti e mandava sprizzi di saliva non erano un bello spettacolo. Ma quello che fece davvero paura a Primo furono i suoi occhi piccoli e gialli stracolmi di collera.

Primo iniziò a singhiozzare, si alzò mogio mogio e disse: «Scusate, non lo sapevo. Non l'ho fatto apposta. Adesso vado via, voglio stare un po' da solo...», e andò in camera sua, lasciando Mr Gregor e Katiuscia seduti al tavolo del salotto. I due si guardarono sconcertati e uno strano disagio si impossessò di loro.

«L'hai fatto piangere con i tuoi modi da orso!», disse Katiuscia.

«Ho solo chiarito un concetto una volta per tutte!», si difese Mr Gregor. «E poi...», alzò le mani per agitarle a farfalla: «*Chi se ne fre...*».

Ma Katiuscia, incredibilmente, per la prima volta in tanti anni, non si unì a lui in quel gioco, e rimase a guardarlo in silenzio.

«Insomma...», deglutì Mr Gregor. «Che ti prende? Non ti farai intimorire da un marmocchio? Vuoi che ci riempia la casa di gatti randagi?»

Katiuscia sembrò riscuotersi: «Certo che no, mio caro!», disse risoluta. «Ci mancherebbe!», e fu di nuovo quella di prima. Mr Gregor, che aveva trattenuto il respiro per tutto il tempo del suo improvviso spaesamento, rifiatò.

«Se piange, riderà quando sarà sposo!», continuò Katiuscia, ma nel dirlo capì che quella frase veniva da molto lontano, dai pomeriggi di un'infanzia remota e quasi dimenticata. Era la frase che sua zia, la madre della sua cugina e sorellastra, che si era presa cura di lei dopo la morte prematura della madre, le ripeteva sempre. Sì, forse era per questo che gli occhi lucidi di Primo le avevano provocato quel disagio, perché improvvisamente si era ricordata di tutte le volte che da bambina aveva pianto da sola in camera sua dopo le sgridate della zia. Fino al giorno in cui, verso i dodici anni, aveva giurato a se stessa che non avrebbe più pianto e che poco importava se nessuno si prendeva cura di lei, giacché ci avrebbe pensato da sola. Sì, da allora in poi avrebbe pensato solo a se stessa.

8.
Un compleanno
in arrivo

Primo aveva ben compreso la lezione e se n'era fatto una
ragione. Il gatto si aggirava per il giardino guardandosi
bene dall'avvicinarsi alla porta di casa e dal farsi vedere
dai proprietari. Oramai da più di un mese il bambino
durante i pasti si nascondeva furtivamente degli avanzi
di cibo in tasca, li accumulava in un cassetto della sua
camera e nutriva il gatto di nascosto a notte fonda, sca-
valcando la finestra al pian terreno. Per questo, forse, e
di certo anche per la prossimità del gatto alla casa, l'allergia di Katiuscia stentava a migliorare. Avevano fatto
disinfettare, vaporizzare, aspirare e lavare pavimenti e
tappeti, ma il solo pensiero che un gatto si fosse aggi-
rato per la casa contribuiva a farla starnutire di tanto
in tanto e l'aveva resa dipendente dagli antistaminici, e
d'un umore così nero che perfino Mr Gregor faticava a
sopportare.

Che Oliver avesse messo su famiglia o i gatti si fossero
passati voce l'un l'altro, sta di fatto che in quelle tiepide
notti d'estate Primo si ritrovava a dividere gli avanzi che ri-

usciva a recuperare dal frigo con una decina di gatti di ogni età e dimensione. Il suo appetito si era moltiplicato negli ultimi tempi sotto gli occhi increduli di Gregor e Katiuscia, meravigliati dall'improvvisa voracità del figlio, che pure, nonostante mangiasse in abbondanza, sembrava addirittura dimagrire.

Ma la vera novità ci fu verso metà agosto, quando il postino portò un pacco per Primo.

Il piccolo Smirth lo ricevette incuriosito.

«Chi cavolo può mandargli un pacco?», domandò Katiuscia a Mr Gregor.

«Già chi cavolo e... soprattutto perché?», le sussurrò a sua volta nell'orecchio il marito.

«Non sarà mica un altro gatto?», ipotizzò allarmata la donna, e fece uscire il figlio in giardino. Primo tirò il nastro adesivo che avvolgeva la scatola, mentre i due genitori si tenevano a distanza di sicurezza, allungando il naso per curiosare. Se si fosse trattato di una bomba, sarebbe esploso solo lui.

Quando il pacco fu aperto, Primo alzò un bellissimo maglione colorato e una busta roteò nell'aria e cadde sul prato. Il bambino abbracciò il maglione affondandovi il naso e subito si chinò a raccogliere la lettera e ad aprirla. Mr Gregor e Katiuscia si avvicinarono.

«Leggi a voce alta!», gli intimò Mr Gregor.

Primo iniziò a leggere. C'era scritta la data di due giorni prima e una calligrafia infantile aveva vergato il messaggio:

Buon compleanno!
Caro Primo, figliolo carissimo! Spero che
questo maglione che ti ho fatto io con
le mie mani per l'inverno ti stia bene.
Chissà quanto sei cresciuto! Speriamo tutti
che ti arrivi in tempo per il compimento
del tuo nono anno! Ci manchi molto
e qui pensiamo sempre a te. Eric, che sta
scrivendo sotto dettatura questa lettera,
Marietta e il piccolo Tom, la tua vecchia
maestra, zio Gustav ti salutano e...

Seguiva l'elenco infinito di vicini e conoscenti, che terminava con il postino e il curato.

Tutti qui si ricordano di te. Ci piacerebbe
tanto avere una tua foto, magari con
il grembiule della tua nuova scuola a
settembre. Sperando di rivederti presto,
con affetto il villaggio di Greenwood,
i tuoi amici e la tua devota Enrichetta
Stevenson. Un bacio e un abbraccio
stretto stretto al mio birichino!

Una lacrima di commozione scese sul volto di Primo.

«Ieri l'altro era il mio compleanno!», spiegò raggiante ai due genitori. «Il mio compleanno!»

Mr Gregor e Katiuscia si guardarono imbarazzati. Non si ricordavano certo la data di produzione del figlio. Katiuscia aveva rimosso ogni cosa di quel giorno e anche Mr Gregor aveva altro a cui pensare.

«Certo!», mentì Mr Gregor.

«Lo sapevate?», domandò sbalordito Primo.

«Certo che sì...», mormorò Katiuscia poco convinta.

Gli occhi di Primo si rattristarono. «Perché non mi avete detto nulla?»

«Volevamo farti una sorpresa...», improvvisò Mr Gregor e guardò Katiuscia in cerca d'aiuto.

«Una sorpresa?», chiese Primo senza capire.

«Sì, una festa a sorpresa, ma per motivi di lavoro volevamo festeggiare domani. Capisci? Era già tutto organizzato...», continuò Katiuscia.

«Già, gli invitati ti avrebbero aspettato in una stanza buia e al tuo ingresso si sarebbero accese le luci e tutti avrebbero gridato: "Sorpresa!" e... "Buon compleanno!"», spiegò Mr Gregor rammentando una scena che aveva visto una volta in Tv.

Non ci fu bisogno di dire altro. Primo si lanciò verso di loro e prese ad abbracciarli a turno. Stringendoli all'altezza della vita, li obbligò ad abbassarsi.

I due si chinarono appena in tempo per sentire due morbidi bacetti sulle loro guance. Imbarazzati, si guardarono, poi si passarono la mano sulla guancia, uno di fronte all'altra come allo specchio, e fissarono la punta delle loro dita come se si aspettassero che il bacio di Primo potesse esserci rimasto attaccato e volessero esaminarlo.

«Grazie, grazie, Mr papino e Mrs mammina!», gridò Primo. «Voi siete i due supermigliori genitori del mondo!»

Primo corse in casa a provarsi il maglione, mentre i coniugi Smirth, disorientati e in preda a un leggero giramento di testa, si avviarono lentamente dietro di lui. Avevano una festa da organizzare.

«Come ci è venuta in mente questa idiozia?», sussurrò Katiuscia al marito, non potendo reprimere un leggero sorriso.

«Tutta colpa di quella contadina e del suo stupido regalo!», replicò lui. «Chi si crede d'essere quella!? "Figliolo caro" ha osato scrivere!»

«Compleanni! Non avevo di meglio da fare che pensare al compleanno di Primo», esclamò seria Katiuscia, ma dentro di sé sentiva come l'affiorare di un altro inspiegabile sorriso, che le tirava le labbra sui denti e faticava a reprimere. Che si stesse ammalando?

«L'hai chiamato Primo!», le fece notare Mr Gregor sbalordito.

«Certo... come dovevo chiamarlo? È così che si chiama!»

«Ma l'hai sempre chiamato Coso, o roba del genere...», insistette preoccupato l'uomo con fare inquisitorio.

«Sciocchezze! Si chiama Primo e l'ho sempre chiamato così, altrimenti che senso avrebbe dare un nome ai figli!?»,

lo smentì la donna, e con passo dinoccolato si diresse al telefono e si sistemò a sedere in poltrona, dove prese a cercare nell'elenco telefonico il numero di una pasticceria per ordinare la torta di compleanno. Mentre sfogliava le pagine, le sue dita ossute poggiavano sullo zigomo e lo sfioravano soprappensiero là dove bruciava ancora il bacio di bimbo che aveva ricevuto.

Solo in camera sua, con il maglione indosso nonostante fosse agosto, incurante del gran caldo che gli arrossava le gote, Primo cercò dentro la scatola e trovò un altro piccolo pacco. Erano i regali dei suoi amici. Dentro c'erano una pietra, un vasetto di terra, una spiga di grano e una melina rossa. Morse la piccola mela selvatica e il sapore gli inondò la bocca quasi fino a fargli male. Annusò il grano e la terra e mise la pietra liscia del fiume in tasca. Sul fondo della scatola c'era una foto con lui i figli di Enrichetta a cavallo di Palladineve, il grande maiale della fattoria. Nella foto Primo era molto più piccolo e paffuto, rideva felice insieme agli altri. Sul retro c'era scritto semplicemente, con mano infantile, *Ti vogliamo bene*, e c'erano tutte le firme dei bambini del paese. La gola gli si strinse per la commozione. Sì, laggiù, in quella fattoria nel piccolo villaggio di Greentown, Primo era stato veramente felice.

9.

Un vecchio AMICO

Se non si può invitare chi ci pare alla propria festa, mi chiedo io quando lo si può fare. Ma Enrichetta e gli amici del villaggio erano troppo lontani, e per la prima volta Primo si rese conto di non avere nessuno da invitare lì in città. Quando si immaginò con Mr Gregor e Mrs Katiuscia di fronte a una torta, magari solo con qualche negoziante della via passato per un brindisi, si sentì improvvisamente molto triste. Se avesse già iniziato ad andare a scuola avrebbe potuto invitare i compagni, ma la scuola iniziava a settembre e Mr Gregor, impegnato com'era con i suoi affari, non aveva nemmeno pensato a iscriverlo.

La fortuna però venne in suo aiuto il giorno dopo. Mentre rifletteva ancora sulla sua festa senza amici seduto al sole sul gradino della villetta, passò di lì proprio Mr Hurp, il signore in difficoltà al quale aveva prestato cinquanta sterline il primo giorno che l'avevano portato in negozio.

«Mr Hurp!», lo chiamò Primo ad alta voce. Questi si voltò e lo riconobbe. Dapprima fu tentato di scappare pensando che il moccioso pretendesse indietro i soldi, poi però si ricordò di aver fame e sete... soprattutto sete, non se lo dimenticava mai. Così si avvicinò.

«Ohhh! Carissimo amico!», gli disse buttandogli le braccia al collo. «Non può sapere quanto l'ho cercata, e quante ne ho passate! Non creda, sa, che mi sia dimenticato del suo piccolo prestito, purtroppo però la malattia e gli affari mi hanno portato lontano, e quello sciocco del mio maggiordomo non è riuscito a rintracciarla. Ma per fortuna, eccola qua! Lasci che le saldi il mio debito.» Fece il gesto di frugarsi nelle tasche. «Oh, accidenti, che sfortuna, uscendo devo aver lasciato il portafogli sul mobiletto Luigi trentaqualchecosa dell'ingresso della villa... oddio, e adesso come posso fare?»

«Io abito qui!», disse Primo. «Questo pomeriggio festeggio il mio compleanno, se vorrà farmi l'onore di venire alla festa potrà restituirmi lì il denaro!»

«Oh, certamente! E le farò anche un bel regalo! C'è un problema però...», disse serio Mr Hurp trattenendo a stento la sua sorpresa per l'inattesa reazione del bambino.

«Quale?», domandò Primo.

«Ci sarà da mangiare?», s'informò Mr Hurp.

«Certo, e se verrà lei farò mettere le posate d'argento, altrimenti che festa sarebbe! Ma il problema?»

«Oggi pomeriggio ho una partita a golf con alcuni amici, dei riccconi del club, e non potrò venire! Non posso certo lasciarli soli!»

«Porti anche loro!»

«Eh sì, potrebbe essere un'idea. A che ora inizia la festa?», domandò Mr Hurp sfregandosi le mani calzate in dei guanti logori e senza dita.

«Alle cinque, quando Mrs mammina e Mr papino torneranno dal lavoro, ma io sarò qui dalle quattro e accoglierò il catering e la torta.»

«Dalle quattro è tutto solo?», domandò Mr Hurp sfregandosi ancora le mani con gli occhi luccicanti.

«Sì!»

«Ma allora potremmo venire un po' prima, aiutare, farle compagnia... potrei portare la mia cameriera e il mio maggiordomo. Pensavo di regalarle un purosangue della mia scuderia! Le piacciono i cavalli?»

«Meglio di no...», spiegò Primo rattristandosi. «Ai miei piacciono solo dipinti.»

«Benissimo! Allora un quadro antico! Che ne dice?»

«Preferirei un giocattolo, non ne ho nemmeno uno!»

«Certo, ma certo! Un giocattolo... naturale... Certo. Che stupido... non ci avevo pensato!»

10.
Una FESTA
indimenticabile

Verso le quattro del pomeriggio la signora Brewster preparava un tè per le amiche, che sarebbero arrivate di lì a poco per dare vita alla consueta piccola cerimonia con pasticcini, torte e pettegolezzi sul quartiere e sui divi della Tv. Essendo il giovedì il giorno della settimana in cui toccava a lei ospitare le vicine, la signora teneva d'occhio la strada per vederle arrivare. Alle tre e quaranta vide giungere il furgone del catering e osservò l'addetto in uniforme bianca che suonava alla porta e scaricava vassoi e vassoietti aiutato da Primo. Così comprese che doveva esserci una festa in casa dei vicini.

Ragion per cui non si meravigliò granché quando vide Mr Hurp passare circospetto sul marciapiede del suo lussuoso quartiere per andare a suonare alla porta dei coniugi Smirth, aspettare che si aprisse ed entrarvi furtivamente. Lo giudicò un po' eccentrico, forse un cliente della signora, pensò. Artisti e ricconi erano sempre degli originali, e vestivano spesso in modo bizzarro.

Subito dopo però vide altri due strani figuri svoltare l'angolo della via cercando di nascondersi dietro un'edizione del «Times», con tanto di feritoia che tenevano aperta di fronte a loro camminando. Nonostante questa cautela, stavolta la signora Brewster riuscì a mettere a fuoco i vestiti sporchi, i guanti laceri e le scarpe logore e sgangherate dei due, e cominciò a capire che c'era qualcosa che non andava. Anche loro suonarono alla porta degli Smirth ed entrarono senza difficoltà. Che diavolo di amici avevano i suoi vicini? Ogni dubbio migrò dalla sua mente quando vide una barbona di mezz'età spingere senza nessuna precauzione un carrello pieno di cianfrusaglie e spazzatura, parcheggiarlo nel viale, scacciare le mosche che l'attorniavano con la mano, rassettarsi alla meglio il bavero malconcio del soprabito, suonare a sua volta il campanello ed entrare.

«Signorino Primo, le presento Puzzola... cioè, intendevo il conte Puzzillon del Cassonett, di un'importante famiglia ungherese!», stava dicendo in quel momento Mr Hurp a Primo, presentando a uno a uno i suoi amici al padrone di casa.

Mentre ciò accadeva, dall'altra parte della strada, la signora Brewster, sempre più allarmata, compose il numero dei vicini, e Primo, entusiasta per la casa che si riempiva dei suoi nobili ospiti, li abbandonò un attimo e rispose raggiante: «Pronto!».

«Buongiorno, sono Mrs Brewster, la vostra vicina, chi parla?»

«Sono Primo, il figlio di Mr Gregor», rispose educatamente Primo.

«Puoi passarmi tuo padre?»

«Deve ancora arrivare...»

«Allora tua madre?»

«Anche lei deve ancora arrivare!»

Malauguratamente la conversazione fu interrotta da Mr Hurp, che non perdeva di vista Primo e che, dopo essersi informato su chi ci fosse all'altro capo dell'apparecchio, inciampò accidentalmente nel cavo del telefono, sradicandolo dalla parete. Mortificato, si profuse in scuse, mentre le contesse e i marchesi maleodoranti che aveva portato con sé seguitavano ad arrivare da ogni parte della città, a rimpinzarsi di cibo e a lasciar cadere accidentalmente nelle proprie tasche posate d'argento e preziosi soprammobili.

«I vicini si sono già accorti di noi! Abbiamo poco tempo! Sbrigatevi!», sussurrò a uno dei suoi complici, e tutti si passarono la voce, affrettandosi a ispezionare le altre stanze della casa. Puzzola pensò a organizzare il... trasloco, diciamo così, degli oggetti di valore più ingombranti, gettandoli dalla finestra del piano superiore in giardino, dove la barbona di prima, svuotato il carrello dalle sue cianfrusaglie, prese a riempirlo tranquillamente di dipinti, vestiti, paralumi, piumoni, coperte e ogni altro bendidio dei coniugi Smirth.

Mr Hurp nel frattempo distraeva un Primo perplesso e commosso mostrandogli il suo regalo e spiegandogli il suo funzionamento: era un robot di plastica che avevano recuperato nell'immondizia e aggiustato alla bell'e meglio con laceri pezzi di legno e vecchi bulloni.

La signora Brewster, coadiuvata dalle amiche giunte nel

frattempo, assisteva eccitatissima alla scena con un grosso binocolo da marina che era stato dell'ammiraglio suo marito, grazie al quale riusciva a vedere perfettamente quanto accadeva dentro casa dei vicini attraverso le grandi finestre. Intanto le sue amiche cercavano esagitate sull'elenco telefonico il numero dell'agenzia di Mr Smirth. Ci volle un bel po', dal momento che le mani gli tremavano e dall'agitazione si erano scambiate gli occhiali senza rendersene conto e non ci vedevano granché.

Quando alla fine riuscirono ad avvertire Mr Gregor, il poveretto non riusciva quasi a parlare, tanto era furioso: «Ma no che non abbiamo amici così, Mrs Brewster! Mi faccia il favore di chiamare la polizia! Spari! Intervenga! Arrivo! Arriviamo!». Corse a prelevare di peso la moglie al negozio, la infilò in auto senza darle spiegazioni e nella fretta, lui che non guidava da vent'anni e aveva ancora la gamba convalescente, si mise addirittura alla guida. Partì sobbalzando, urtò alcuni veicoli posteggiati imprecando e, curvo e trafelato, pestò l'acceleratore superando presto ogni limite di velocità, mentre la moglie seguitava a chiedergli cosa stesse succedendo e gli urlava di fermarsi e farla scendere.

«Ci stanno svaligiando la casa!», gridò Mr Gregor con gli occhi fuori dalle orbite, mentre l'auto sbandava pericolosamente, attraversava un'aiuola spartitraffico con una grande moria di fiori sul parabrezza e riguadagnava miracolosamente la carreggiata.

Katiuscia urlava coprendosi gli occhi, ma lo stesso, ora che conosceva il motivo della fretta furiosa del marito, lo in-

coraggiava ad andare ancora più svelto, terrorizzata all'idea della sua casa presa d'assalto da ladri sconosciuti.

Incuranti dei semafori rossi e dei passanti, dopo aver evitato una decina di incidenti e scavalcato più di un marciapiede, gli Smirth comparvero sulla strada di casa appena in tempo per scontrarsi con l'auto della polizia, che avanzava a sirene spiegate e a forte velocità dalla direzione opposta.

Lo schianto fu fragoroso, e le torte e i pasticcini che Katiuscia aveva ritirato personalmente dalla sua pasticceria di fiducia – e che per tutto il tempo di quella corsa folle avevano slittato da una parte all'altra del sedile posteriore – si spiaccicarono impietosamente sulle loro nuche e sul parabrezza.

Discesi, sporchi di crema e frastornati, Gregor e Katiuscia assistettero alla scena dei barboni che se la davano a gambe levate, carichi di refurtiva. Quando si resero conto che i due poliziotti soffocati dall'airbag dovevano ancora riaversi, capirono di poter contare solo su loro stessi. Mr Gregor, con il suo panzone e la gamba ancora dolorante, rincorse un barbone alto e magro placcandolo a metà del vialetto e schiacciandolo letteralmente con il proprio peso. «Al ladro, al ladro!», urlava a squarciagola.

Katiuscia invece corse dietro a Puzzola, che vedendosi inseguito da una specie di arpia dallo sguardo omicida, provò a distrarla disfacendosi di un po' di zavorra, ovvero lasciando cadere alcuni dei suoi preziosi soprammobili sul marciapiede. Il piano riuscì alla perfezione.

La poveretta, colpita a morte a ogni schianto delle sue

adorate porcellane, dovette fermarsi a raccogliere i cocci, e si limitò a gridare con quanto fiato aveva in gola: «Pazzo! Si fermi! Aiuto!». Ma non ci fu niente da fare. Puzzola era già balzato agilmente su un autobus di passaggio, lasciandola con un palmo di naso. Katiuscia lo vide sorridere beffardamente mentre con la mano libera la salutava, e fece appena in tempo a scorgere il polso ingioiellato e la *sua* collana di perle che gli pendeva dal collo. Confusa e tremante, corse di nuovo verso casa piangendo calde lacrime e trattenendo in grembo a malapena la refurtiva recuperata.

Tutto ciò accadeva sotto gli occhi placidi ed emozionati di Mrs Brewster e delle sue quattro amiche che, tuffando una fetta di torta nel tè, sedute in fila di fronte alla grande finestra, assistevano fra esclamazioni di meraviglia e incitamenti a tutta la scena, scommettendo sull'esito dello scontro di Mr Gregor.

«Dieci sterline che lo uccide!», esclamò Miss Kesselring dando il via alla bisca in preda all'emozione.

«Ci sto!», urlò la pingue Mrs Epstein.

Iniziarono ad arrivare altre volanti della polizia. I poliziotti arrestarono Mr Gregor e l'altro barbone, e ci volle del bello e del buono per far loro capire che uno dei due, ridotto adesso in uno stato irriconoscibile per i graffi, l'erba, la crema, il fango e la puzza che l'aveva contaminato, era il padrone di casa.

Alla fine, quando la polizia ebbe mandato i rinforzi e tutti gli intrusi, da Mr Hurp fino all'ultimo barone, conte e marchese, si furono dileguati, i danni si rivelarono più che cospicui. Tutti i cassetti erano stati vuotati e frugati, tutto il rubabile era stato rubato. Sulla ridente villetta dei signori Smirth si era abbattuto un vero flagello.

Soltanto allora, sporchi di crema, di lacrime e fango, e umiliati dalla sconfitta, gli Smirth realizzarono che mancava ancora una cosa: Primo! E cominciarono a chiamarlo. Nonostante la rabbia, Katiuscia si stupì di se stessa nel sentirsi morire al pensiero che le avessero rapito il figlio, e si vergognò di questa sua debolezza troppo simile a un sentimento d'amore materno. Mr Gregor, invece, lo sperò con tutto se stesso, e furioso come non mai la precedette frugando in ogni stanza.

Lo trovarono nella sua cameretta, ancora identica in tutto e per tutto alla camera degli ospiti che avevano prima che nascesse Primo.

Il bambino era in un angolo della stanza e, ignaro di quanto era accaduto in casa e nel giardino, contava a voce alta voltato verso l'armadio. Giunse a mille proprio in quel momento e urlò divertito: «999, 1000! Vengo! Adesso vi troverò dovunque vi siate nascosti!».

Poi vide i suoi genitori e, senza rendersi conto delle loro condizioni, colmo di gioia spiegò loro: «Ho invitato Mr Hurp e i suoi amici! Stiamo giocando a nascondino! Ma guardate, guardate cosa mi hanno regalato!». Si chinò a raccogliere dal tappeto il robot di Mr Hurp e, pieno di felicità, glielo mostrò orgoglioso: «Ho un giocattolo! Ho un giocattolo! Vi rendete conto? Posso tenerlo? È vero che posso tenerlo!?».

Mr Gregor e Katiuscia si resero conto soltanto allora di non aver mai regalato a Primo niente che somigliasse anche solo lontanamente a un giocattolo. Giocare per loro era una perdita di tempo, e i bambini, di conseguenza, degli stupidi perditempo.

A quella vista però la loro rabbia si sgonfiò come un palloncino.

Si abbracciarono sfiniti e non ebbero la forza di dire nulla. Reggendosi l'uno all'altra si inginocchiarono sul pavimento e incominciarono a singhiozzare.

Primo si avvicinò a loro senza capire, commosso, e li strinse forte, spaventato da quel dolore che non riusciva a comprendere.

Alle due di notte, nei pressi di Lampern Square, la polizia fermò una barbona ubriaca vestita con un abito femminile da sera che le andava strettissimo, una bombetta da uomo e un carrello della spesa pieno di quadri raffiguranti nature morte e cavalli.

Tutto il resto era sparito nel nulla.

Con gli occhi fissi, insonni nella notte, distesi in un letto senza coperte, Mr Gregor e Katiuscia compresero che così non sarebbero potuti andare avanti.

Quella terribile giornata di compleanno era stata la famosa goccia che aveva fatto traboccare il vaso.

11.
A mali ESTREMI...

Per i tre giorni successivi Mr Gregor e Katiuscia non riuscirono a pensare a nulla. Chiuso per grave disgrazia il negozio, se ne stavano asserragliati in casa e chiamavano la polizia dalle tre alle quattro volte all'ora per sapere se per caso vi fossero notizie sui ladri e sulla refurtiva.

«La mia collezione di orologi antichi!», si lamentava Mr Gregor, ed esplodeva in un singhiozzo.

«Il mio paralume di Tiffany!», intercalava lei e: «Buhh!», esplodeva in un altro singhiozzo.

Così, a turno, un *buhh!* a testa, avevano ripercorso l'elenco delle loro perdite, come un tempo amavano ricostruire quello dei loro averi.

«Ma l'assicurazione pagherà!», si dicevano ogni tanto, scambiandosi uno sguardo diabolico. «Oh! Se pagherà!»

Se tutto questo fosse successo solo pochi mesi prima, Katiuscia avrebbe urlato a suo marito che era stata tutta colpa sua e del suo marmocchio, che era stato lui ad aver avuto la stupida idea del Coso... ma adesso non ci pensava nemmeno. Anche il marito l'avrebbe accusata di provenire da una famiglia di pappamolle benefattori, o chissà cos'altro, invece, neppure lui stavolta, inspiegabilmente, s'era azzardato a dire nulla.

Come se non bastasse, non avevano picchiato né punito Primo, e non l'avevano nemmeno sgridato come la volta del gatto. A dire il vero, nemmeno gli avevano spiegato l'accaduto, tanto erano stremati da tutta la vicenda.

Già, ma perché stavolta non l'avevano sgridato? Davvero erano troppo stanchi e disperati? Ipotesi plausibile, ma la verità era un'altra, molto più terribile e spaventosa di qualsiasi ladro. Il fatto è che da un po' di tempo c'era qualcosa in quel Coso... in Primo... che gli faceva provare una strana sensazione: quando il bambino li guardava radioso, con i grandi occhi chiari pieni di fiducia e gratitudine, un disagio molto simile alla commozione tintinnava appena in un lembo del loro animo.

Insopportabile! Che stessero diventando scemi?

A questo disagio si era unito un senso di colpa legato alle loro mancanze di genitori, che solo ora iniziavano pian piano a comprendere. Ne avevano parlato a lungo, notte e giorno per tre giorni, ed erano giunti a una conclusione.

Due settimane dopo, al termine della centesima inutile telefonata alla polizia, Mr Gregor riappese il ricevitore e disse: «A ben pensare, senz'altro noi, che non abbiamo tempo da perdere, non ne abbiamo poi perso granché dietro all'educazione del bambino. Forse proprio per questo Primo è così ingenuo e generoso».

«Di' pure così stucchevole da far vomitare anche un santo!», rincarò Katiuscia ascoltandolo attentamente.

«Ma so io di chi è la colpa!», disse mogio Mr Gregor.

«Di chi?», domandò subito in guardia la moglie, temendo un'accusa al suo indirizzo.

«Di quella contadina lì, quell'Enrichetta Stevenson che l'ha traviato sin da piccolo!»

«In effetti...», ammise Katiuscia rimuginando fra sé. «Primo è venuto su tontolone e generoso proprio come lei. Forse abbiamo sbagliato a mandarlo in campagna da quella donna e soprattutto... a tenercelo così tanto tempo.»

«Già... chi poteva immaginare che fosse un'età tanto delicata. Non capiva nulla, non parlava nemmeno. Non sapeva né leggere né scrivere! C'è stato solo otto anni, cosa sono otto anni? Ma sì, forse abbiamo sottovalutato il fattore educazione! E ora ne paghiamo le conseguenze.»

«Dovremmo farle causa!», rincarò Katiuscia. «A lei e a quella scuola di campagna!»

«Bah... quel che è certo è che occorre intervenire al più presto, o di questo passo Primo distruggerà il nostro patrimonio, la nostra vita e tutto ciò che abbiamo costruito e accumulato in tanti anni. Ha dimostrato di esserne capace. Altro che erede! È un flagello di Dio!», concluse Mr Gregor.

Katiuscia ripensò in quell'istante ai pochi vestiti che aveva recuperato e mandato tre volte in lavanderia senza riuscire a togliere la puzza della "signora" che li aveva indossati al posto suo, e sospirò.

«Una cosa è certa!», ammise solennemente Mr Gregor. «Dobbiamo cambiarlo! Fino ad allora, fino a che non sarà cambiato, non possiamo tenerlo con noi. Va trattato, trasformato, rieducato, insomma!»

Katiuscia lo guardò scettica e spaventata: «Già, cambiarlo. Dici bene tu, e come? Se non ci siamo riusciti fino a ora non c'è motivo di credere che possiamo farcela da adesso in avanti!».

«Semplice», mormorò Mr Gregor con una certa esitazione nella voce. «Bisogna rivolgersi a degli specialisti!»

«Specialisti?», domandò la donna protendendo i denti verso il marito e arricciando il naso curiosa.

«Già!», disse lui e fu a questo punto che si lasciò scappare una frase che mise la moglie sul chi vive. «Specialisti. Bisogna fare con Primo come hanno fatto con me! Riforgiare il suo carattere da capo a piedi!»

A queste parole Katiuscia lo guardò stringendo gli occhi con sospetto, e domandò: «Come, come? Fammi capire, cos'è che hanno fatto con te?».

Mr Gregor, imbarazzato, cercò subito di riprendersi. Del resto aveva quasi dimenticato, rimosso quella pagina della sua infanzia.

Ma la mano secca di Katiuscia lo afferrò per il bavero e lo sollevò quasi di peso trascinandolo e adagiandolo su una poltrona, mentre con l'altra mano libera accese la lampada della scrivania e gliela puntò in faccia.

«Parla!», intimò. «Cos'hanno fatto con te?!»

Vergognandosi, Mr Gregor abbassò la lampada, poi si alzò risistemandosi il colletto che la mano ossuta della moglie aveva sgualcito e andò fino alla parete. Spostò il quadro che era stato recuperato dalla polizia e aprì la cassaforte, che fortunatamente era rimasta inviolata.

Con mani tremanti scostò delle carte, si fece spazio fra un bel po' di contanti, contratti immobiliari, titoli di Stato e azioni, e finalmente trasse fuori un album rivestito di marocchino rosso. Ci passò la mano sopra per toglierci un po' di polvere e tornando alla scrivania ve lo depose e riaccese la luce. Katiuscia lo seguiva meravigliata, con gli occhi socchiusi e un'espressione da nutria che annusi l'aria.

«Cos'è?», chiese.

«Un album fotografico», rispose laconico Mr Gregor, e con le mani tremanti sollevò la copertina.

Sul frontespizio una calligrafia riccioluta ed elegante aveva vergato la seguente scritta:

Album di Mr Gregor, futuro miliardario!

«È la calligrafia di mio padre», spiegò Mr Gregor. «Sperava diventassi l'uomo più ricco del mondo...»

«Sì, campa cavallo...», commentò Katiuscia acida.

Mr Gregor voltò pagina: c'era la foto dei suoi genitori con un batuffolo bianco in braccio. Suo padre gli assomigliava terribilmente.

«Il giorno del battesimo...», mormorò Mr Gregor.

Ma la vera sorpresa doveva ancora venire: ne voltò un'altra e comparve la foto di Primo in bianco e nero, seduto su un tappeto ai piedi di una scrivania da ufficio.

Katiuscia esclamò: «Primo?».

«No!», spiegò Mr Gregor imbarazzato. «Sono io! Primo ha gli occhi azzurri come te, io castani, anche se dalla foto non si vede perché è in bianco e nero.»

«Per il resto ti somiglia come una goccia d'acqua! Ecco

scovati i geni dominanti! Perché non mi hai mai fatto vedere queste foto?»

Mr Gregor non seppe cosa rispondere. Avrebbe voluto dirle che sarebbe stata una perdita di tempo... ma forse non era la verità.

Voltò un'altra pagina. Un'altra foto di Primo che disegnava su un tabulato per ordini industriali tanti piccoli animaletti molto graziosi.

«All'epoca amavo molto disegnare...», spiegò imbarazzato Mr Gregor. «Ricordo che i colori mi affascinavano... Papà era infastidito dai miei commenti sulla natura, specie se interrompevano le letture a voce alta che mi faceva degli articoli più interessanti del "Financial Times". Rammento che a scuola feci un quadro a tempera e lo regalai alla nostra vicina, la signora Leerk, che era molto gentile e mi leggeva delle fiabe di nascosto, quando rimanevo solo in casa il pomeriggio.»

Mr Gregor fece due occhi sognanti rammentando quei pomeriggi, ma si riprese subito, tramortito da un'occhiataccia della moglie.

«Quando mio padre seppe del quadro che le avevo regalato andò su tutte le furie, buttò via i colori e i pennelli dalla mia cartella e mi rimproverò aspramente per aver fatto uno stupido quadro e ancora di più per averlo regalato. Capì subito che stavo prendendo una brutta strada. Anche lui, mi disse, avrebbe rischiato di fare chissà cosa, il fornaio, o chissà cos'altro, se avesse ceduto alla sua confusione mentale, ma mio nonno lo aveva indirizzato al meglio con la scuola di economia, e prima ancora con le elementari pluriclasse della famosa Università Tuttomio McPear! Così anch'io, grazie alla buonanima di mio padre e alle sue premurose attenzioni, fui mandato alla celebre scuola, e diventai ciò che sono!»

«Dunque eri un pappamolle come Primo?», domandò schifata Katiuscia, puntandogli un dito ossuto dritto in faccia, come a dire: "Ah! Ecco da dove vengono tutti i mali! Altro che Enrichetta Stevenson!".

Mr Gregor si gonfiò d'orgoglio, tossicchiò imbarazzato e risentito replicò spostando il dito della moglie: «Non ho detto questo! Ero solo un po' confuso, come Primo, del resto, e come te! Anche tu, se non fosse stato per tua zia, chissà come saresti oggi! Magari faresti la dama di carità, chi può dirlo!».

Katiuscia gettò la testa all'indietro esplodendo in una risata. «La dama di carità, io!», esclamò divertita asciugandosi le lacrime. «Come ti vengono in mente certe scempiaggini!» Poi stimò che non fosse il caso di insistere oltre. E con il suo consueto senso pratico disse: «Ma dimmi di questa scuola piuttosto! Perché si chiama università se è una scuola elementare? Di che si tratta e com'è che non me ne hai mai parlato?».

Mr Gregor voltò pagina. C'era un bel ragazzino moro, non più paffutello, ma magro, dai lineamenti gentili e i capelli folti.

«Questo sono io al secondo anno. Quando ancora i miei voti non erano granché e continuavo a sognare di fare...»

«Di fare cosa?»

«Il pittore...», ammise imbarazzatissimo Mr Gregor con un filo di voce.

Voltò ancora pagina: «E questo sono io il giorno del diploma superiore, quando oramai mi ero dimenticato tutte quelle sciocchezze e avevo capito come gira il mondo!», asserì orgoglioso e mostrò la foto di se stesso giovane, già grasso e lungo, con le sopracciglia folte e una prima stempiatura, mentre ostentava orgoglioso il diploma.

Katiuscia non credeva ai suoi occhi. «Ma come può un bambino fare l'università?! Insomma non ci capisco un'acca!», concluse infine spazientita.

«Non è propriamente un'università, è piuttosto un collegio esclusivissimo, "una scuola di vita", capisci? La chiamano università perché vi si imparano i fondamentali, che vanno imparati da piccoli, ma sono materia da grandi. Molta della nostra classe dirigente ha fatto le elementari all'Università Tuttomio, e io stesso devo a quella scuola tutto quel che sono. Tre generazioni di Smirth l'hanno frequentata!»

«Ma perché non me ne hai parlato prima?», insisté Katiuscia.

«Me l'ero dimenticato, l'avevo, per così dire, rimossa...», replicò il marito. «Speravo che per Primo bastasse il nostro luminoso esempio, ma evidentemente mi sbagliavo. Il bambino è già deviato da questo mondo ottuso e ipocrita, sdolcinato e melenso.»

Mr Gregor tossì e si portò una mano alla tasca interna della giacca, traendovi una busta. «Visti gli ultimi avvenimenti, ho fatto una telefonata e proprio stamattina ho ricevuto il dépliant della scuola. Se sei d'accordo...»

Katiuscia non lo lasciò nemmeno finire, gli strappò la busta dalle mani, tirò fuori il dépliant e l'aprì. C'era raffigurato lo stemma di una grande civetta che reggeva fra le zampe un nastro con su scritto *TUTTOMIO! TUTTOMIO!* Nella parte superiore dello stemma campeggiava un celebre motto latino, scolpito nella pietra, lo stesso che Mr Gregor aveva proclamato a Primo il giorno della visita di Mr Johnson: *Mors tua, vita mea!*

Iniziò a leggere il cartoncino pubblicitario.

Generazioni di banchieri, politici, diplomatici, strozzini,
spietati uomini d'affari, arrampicatori sociali
e finanzieri hanno scelto per i loro pupilli

L'UNIVERSITÀ TUTTOMIO,
SCUOLA ELEMENTARE E MEDIA PLURICLASSE McPEAR.

Se anche tu credi che l'egoismo sia la principale virtù per
riuscire nella vita, prima che la scuola statale
o delle stupide scuole private te lo rovinino per sempre,
iscrivi tuo figlio all'Università Tuttomio McPear!

Man mano che andava avanti nella lettura, un sorriso di soddisfazione si allargava sulla faccia cavallina di Katiuscia.

Quasi subito, esclamò: «Che stiamo aspettando? Iscriviamolo! Costi quel che costi! Come hai fatto a non pensarci prima? Ci saremmo risparmiati un bel po' di perdite e di dispiaceri!».

E gli buttò le braccia al collo, baciandolo teneramente sulla guancia. Mr Gregor sentì il freddo dei suoi incisivi ancor prima delle labbra, troppo esili e tirate per il sorriso che le attraversava il volto ossuto.

12.

Un caloroso
BENVENUTO

La piccola automobile rosa shocking della *Smirth's Antiques* calava in un tardo pomeriggio di settembre dal costone di una montagna. Al suo interno Katiuscia, guidando prudentemente, lacrimava e starnutiva di continuo. Attribuiva il suo stato confusionale e lo strano singhiozzo con starnuti all'allergia causatagli dai grandi alberi del parco della scuola, non volendo certo ammettere a se stessa di provare qualcosa che somigliasse anche solo vagamente alla commozione.

Al suo fianco, rigido e meditabondo, se ne stava curvo Mr Gregor.

Avevano pagato un semestre anticipato e lasciato lì Primo con la sua grande valigia evitando di perdersi in saluti e abbracci, bacetti o convenevoli, giacché, come avevano spiegato con sollievo al bambino, erano giustamente e assolutamente proibiti dal regolamento.

«Ci rivediamo a giugno, figliolo! Il regolamento della scuola non prevede il Natale, né le visite a casa», aveva specificato Mr Gregor, ancora tremante per la vista del suo vecchio preside oramai ottuagenario. Poi, quasi di corsa,

lui e Katiuscia erano saliti sull'auto ed erano letteralmente scappati via.

Mr Gregor faticava ad ammetterlo, ma una strana angoscia si era impossessata di lui nel rivedere quel posto, rimasto praticamente immutato dai tempi della sua infanzia. Aveva impiegato così tanto a dimenticare la grande e tetra villa, e adesso ci aveva appena lasciato Primo, suo figlio, carne della sua carne.

Il preside, secco e lungo come sempre, lo aveva squadrato da capo a piedi con quei suoi occhietti grigi e quell'espressione da avvoltoio che sembravano dirgli, oggi come allora: «Sei un bamboccio lavativo, un buono a nulla dal cuore tenero, ecco cosa sei!». Per un attimo Mr Gregor era stato perfino tentato di riprendersi il figlio, riprendersi se stesso bambino ancora puro e incontaminato, farlo risalire in auto e scappare via. Ma non l'aveva fatto, doveva salvaguardare il suo patrimonio. Per non parlare del suo matrimonio.

Sulla via del ritorno, Mr Gregor guardò Katiuscia singhiozzante, si asciugò la fronte madida con il fazzoletto e disse sforzandosi di assumere un tono risoluto: «Ecco fatto! Cosa fatta capo ha! Giusto?».

Ma Katiuscia non l'ascoltava e non rispose.

«Giusto?», domandò Mr Gregor alzando la voce per riscuoterla.

«Eh? Cosa?», domandò la donna infastidita.

«Cosa fatta capo ha! Giusto, mia cara?»

Ma Katiuscia stavolta, anziché rispondergli: «Giusto!»,

come aveva sempre fatto, rispose: «Lo spero, lo spero con tutto il cuore, mio caro». E ingranò la quarta.

Nel silenzio più totale l'auto continuò a scivolare sul costone della montagna come una saponetta rosa, fra abeti verdissimi e scintillanti come tanti alberi di Natale baciati dal sole.

Nel frattempo, Primo non riusciva a capacitarsi di quanto gli era appena successo e del perché, se tutti i bambini di Londra facevano le elementari a Londra, lui dovesse invece recarsi in periferia, attraversare sperduti pezzi di campagna appena macchiati da greggi di pecore, inoltrarsi su un'irta montagna così insolita nella vecchia Inghilterra, per poi giungere in un paesello dallo strano nome e situato così lontano dalla capitale.

Il paese di Tuttomio era sovrastato da una grande villa un tempo residenza dei signori del luogo, i marchesi McPear, nella quale aveva sede il collegio.

Il collegio si chiamava Tuttomio, come il paese, ma nessuno ricordava più chi dei due fosse stato a dare il nome all'altro. Era stata la villa dei Tuttomio, come venivano chiamati i McPear, noti in tutta l'Inghilterra per il loro egoismo, a dare il nome al paese, o era stato il paese, i cui abitanti erano altrettanto famosi per le stesse virtù dei loro signori, a dare il nome alla villa?

Primo, che era rimasto ad attendere fuori dall'edificio mentre Katiuscia e Mr Gregor sbrigavano le pratiche di iscrizione nell'ufficio del preside, li aveva salutati cercando di trattenere la commozione, e di lì a poco li aveva visti allontanarsi sul grande viale d'ingresso.

Con l'enorme valigia al suo fianco, era rimasto a guardare finché l'auto non era divenuta un puntino rosa ai limiti del parco ed era scomparsa oltre il grande cancello in ferro battuto che un grosso e goffo bidello con la faccia da orco si era affrettato a richiudere a tripla mandata.

Per tutto il tempo il bambino aveva mosso la piccola mano in un timido saluto. Quando alla fine si voltò, si trovò a una ventina di metri dall'ampia scalinata di ingresso, al cui apice si apriva imperioso il portone della scuola, sovrastato dal medesimo stemma che Katiuscia aveva visto sul dépliant. Una grande civetta scolpita nella pietra scura aveva fra le zampe monete e banconote a non finire. Sopra di lei si incurvava il celebre motto latino del quale abbiamo già detto: *Mors tua vita mea!*, e sotto era scolpita in un nastro, anch'esso retto dalle zampe del volatile, la scritta *TUTTOMIO* a caratteri gotici.

Primo non conosceva il latino e, come la prima volta che aveva udito pronunciare quella frase dal padre, non ci capì nulla. Ci sarebbe voluta la prima lezione perché qualcuno gli spiegasse che Tuttomio era il verso della civetta – *Tuttomio! Tutto-mio!* – e gli traducesse la scritta in latino: "Morte tua, vita mia!".

Il bambino si guardò intorno mentre aspettava che qualcuno si occupasse di lui. La villa era veramente mastodontica e decorata in uno stile gotico posticcio che l'acqua piovana aveva annerito, facendovi crescere gore di licheni a iosa e conferendole un aspetto tutt'altro che rassicurante. Doveva far freddo da quelle parti d'inverno, e anche d'estate non era da escludersi che vi calasse una fitta nebbia. Il grande parco, però, sebbene non molto curato, era verde e rigoglioso, pieno di alberi secolari, fontane piuttosto trascurate e vialetti, fra i quali secoli prima dovevano aver passeggiato nobili figure di dame con parasole a braccetto con i loro cavalieri. Primo non fece in tempo a notare nient'altro, perché una mano lo afferrò per una spalla e lo voltò malamente.

L'erede degli Smirth si trovò di fronte un uomo con un camice da impiegato, la visiera verde che si usava un tempo negli uffici per non stancare gli occhi con le lampade a gas e le soprammaniche nere che, senza che Primo potesse sospettarlo, si adoperavano il secolo prima per non sporcarsi la camicia con l'inchiostro scrivendo con pennino e calamaio.

L'uomo era magro e impettito, con la testa calva a forma di lampadina, due grandi orecchie a sventola e il naso affilato, sul quale stavano in equilibrio due occhiali a *pince-nez*. Esordì dicendo: «Mr Smirth! Io sono Mr Buster Taccagn, contabile e segretario personale del preside McPear che conoscerà fra poco. Mi segua!».

Primo sorrise e tese la mano: «Io sono Primo, Mr Taccagn, può chiamarmi per nome se vuole!».

L'altro lo guardò con riluttanza, atteggiando le labbra fini in un'espressione schifata, e portandosi una mano al farfallino a pois se lo sistemò nervosamente. Nonostante la calvizie e la faccia magra e sciupata, si capiva che non doveva avere più di una quarantina d'anni.

«Non me ne può importare di meno! Stai al tuo posto, ragazzino. Perché io qui sono Mr Taccagn e tu sei nessuno... Chiaro?», puntualizzò passando al tu.

«Non è vero, Mr Taccagn. Io sono Primo, non sono Nessuno. Nessuno deve essere qualcun altro!»

A quella risposta, Mr Taccagn sgranò gli occhi e lo esaminò. Che il moccioso volesse prendersi gioco di lui?

Ma il volto di Primo era così sorridente e gioioso da non lasciar trasparire alcuna malizia. Mr Taccagn si convinse di essere di fronte a un bamboccio un po' tonto e giudicò non fosse necessario replicare.

«Seguimi e stai zitto!»

Primo prese la valigia e trascinandola si portò al suo fianco: «C'è qualcuno che dorme o che si sente poco bene?», domandò in un sussurro.

Mr Taccagn si fermò esasperato. «No, perché?»

«Mi ha detto di stare zitto. Di solito si sta zitti se c'è qualcuno malato, che dorme o che legge...», e Primo cominciò a stendere un lungo elenco delle situazioni che richiedevano di fare silenzio: «Si fa silenzio in chiesa, in biblioteca, al cinema...», non la finiva più.

«Zitto e bastaaaaa!», strepitò Mr Taccagn, e riprese a camminare nel vialetto, allungando il passo. Primo si teneva al suo fianco con fatica.

Mr Taccagn si fermò innervosito. «Lascia che ti spieghi una cosa, cacchetta!», disse. «Io vado avanti e ti faccio strada, e tu stai dietro e mi segui. Chiaroooo!?», gli urlò di nuovo.

Primo, a quell'ulteriore urlo, si portò il dito di fronte al naso: «Shhh! Le ricordo che non deve alzare la voce...», disse.

L'altro scosse la testa incredulo. Quando arrivarono alla scalinata, Primo iniziò a tirare la valigia sul primo scalino. Il ragazzino era in evidente difficoltà. Mr Taccagn batté il piede spazientito da metà della scalinata e a braccia incrociate incitò il bambino: «Svelto o faremo notte! Il preside ti sta aspettando!».

«Non ce la faccio! Potrebbe aiutarmi?»

Un brivido di freddo percorse la schiena di Mr Taccagn alla sola idea. Ma che poteva fare, rischiare una strigliata dal preside?

«Sarebbe proibito dal regolamento, ma avanti, prima che faccia notte. Il tempo è denaro!!! Denaro!!!», e presa la valigia dalle mani del bambino, iniziò a tirarsela dietro sugli scalini. Era davvero pesantissima.

«Ma cosa c'è dentro!?», urlò ancora più esasperato. «E cos'è questo rumore che fa?»

«Faccia piano, è fragile. Dentro c'è anche una radiolina che deve essersi accesa!», spiegò Primo imbarazzato e precedendolo salì agilmente per le scale.

«Le radioline sono proibite! E poi aspettami, sono io che devo farti strada!», urlò Mr Taccagn con la lingua di fuori.

Primo, giunto in cima alla gradinata, si riportò la mano al naso: «Shhhh! Si ricorda, signore? Il malato!», e con quattro rapidi passi entrò nell'edificio, traversò l'atrio, salì le scale seguendo le indicazioni, bussò alla porta con su scritto *Presidenza* e senza attendere risposta entrò a piccoli balzi.

Il preside McPear aveva assistito alla scena dall'ampia finestra del suo ufficio. Con le mani dietro la schiena e lo sguardo severo stava osservando con commiserazione il suo segretario che strascinava negli ultimi metri la valigia. A un certo punto questa gli sfuggì dalle mani e ruzzolò per le scale, aprendosi sul prato sottostante. Fra i pochi vestiti saltarono fuori sei gatti di varie età e dimensioni che subito si dispersero nel parco. Per fortuna né il preside, che si era voltato proprio in quell'istante, né Mr Taccagn, che era corso dietro a Primo allarmato, si accorsero dell'accaduto.

«Buongiorno, signor preside!», disse Primo. McPear si voltò. Era molto vecchio, alto ma curvo e magro, con gli occhi irati, grandi e arrossati sotto le sopracciglia folte e bianche: due fori di luce diabolica brillavano nella sua sagoma scura, che si stagliava controluce sulla grande finestra. Lunghi ciuffi di lanugine bianca ondeggiavano elettrizzati intorno alla testa calva: sembrava davvero una civetta o un condor.

Dette un'occhiata micidiale al bambino. Quell'apparizione avrebbe raggelato chiunque, invece Primo lo guardò ed ebbe un moto di tenerezza per quel gracile vecchietto che era stato il preside di suo padre e che nonostante l'età continuava a fare il suo lavoro con passione. Senza porre tempo in mezzo oltrepassò la scrivania e, come gli aveva insegnato Enrichetta, lo abbracciò alla vita stringendolo forte e con un gran sorriso disse: «Signor preside Pera, grazie di avermi accolto in questa scuola! Sono proprio contento di fare le elementari qui!».

Il vecchio rimase di ghiaccio: mai negli ultimi sessant'anni era stato abbracciato da qualcuno! E il suo nome era McPear, non Pera! Come se il bambino scottasse, levando le braccia al cielo si mise a urlare: «Ma... che ti prende! Ma insomma!», e poi sentendosi perduto: «Aiuto! Aiuto! Levatemelo di dosso! Mr Taccagn, mi aiuti!». Sembrava un bagnante in difficoltà in procinto di annegare. Primo però non mollava, deciso a manifestargli tutta la sua gratitudine.

Mr Taccagn si precipitò dentro, e trovandosi incredulo di fronte a quella scena, afferrò Primo per le spalle e glielo strappò letteralmente di dosso. McPear ricadde tremante sulla sua poltrona, mezzo svenuto, e il segretario e i docenti accorsi dovettero rianimarlo con un goccio di brandy. Due ore dopo era ancora in stato di shock, e iniziò a riprendersi solo nel primo pomeriggio.

Mr Taccagn redarguì Primo aspramente: «Ma sei pazzo, pazzo! Toccare il preside, toccarlo! Ma come ti viene in mente, abbracciarlo addirittura!? Io in vent'anni di onorato servizio non l'ho mai sfiorato, nessuno l'ha mai fatto!».

Primo, mortificato, non capiva cosa avesse fatto di male. Intanto, però, si era sparsa la voce in tutta la scuola. Di banco in banco, di orecchio in orecchio, ben presto le cose lievitarono assumendo una dimensione mitica: il nuovo venuto aveva strangolato il preside e se non glielo avessero tolto dalle mani lo avrebbe di sicuro ucciso. I ragazzi avevano riso a crepapelle, selvaggiamente e perfidamente, e adesso vivevano nella curiosità di vedere il ragazzino che, a soli nove anni, dopo tre minuti dal suo arrivo, aveva quasi fatto fuori il vecchio McPear ed era stato recluso in camera sua.

Vinicio, che faceva la quinta ed era il più alto e grosso di tutti, odiava di cuore McPear, che lo umiliava sempre di fronte ai compagni. Alla pausa di ricreazione disse: «Ragazzi, questo Primo è un eroe, un esempio da seguire. Bisogna prepararsi ad accoglierlo con tutti gli onori, costi quel che costi!».

«Un cavolo, chi se ne frega, io non darò un penny per nessuno!», ribatté un ragazzo magro dai lineamenti delicati, con gli occhi azzurri e vacui e i capelli ricci d'un biondo slavato, che altri non era che il baronetto Von Hausen – così chiamato non perché la regina l'avesse nominato baronetto, ma perché era figlio addirittura di un barone.

«Certo, nemmeno noi!», gli fecero eco gli altri, pronti ad assistere all'ennesimo scontro fra Vinicio e Von Hausen. I due erano stati acerrimi rivali fin dalla prima – era una tradizione di famiglia, si diceva – e la loro guerra personale era uno dei pochi divertimenti della scuola.

Intanto Primo, recuperata la valigia, fu rinchiuso in camera sua. Mortificato, non trovò di meglio da fare che guardare dalla finestra per vedere se scorgeva i suoi gatti.

L'orecchio che Mr Taccagn aveva afferrato per trascinarlo fino in camera pulsava ancora, rosso e dolorante.

Nessuno gli aveva mai fatto del male prima. Per quanto ci pensasse, Primo non riusciva a capire il perché di quella violenta reazione. Non era così che Enrichetta Stevenson, l'educata e benvoluta da tutti Enrichetta Stevenson, gli aveva insegnato a salutare sin dalla più tenera età? Sapeva che i suoi genitori e i negozianti londinesi preferivano una stretta di mano, ma in campagna – e lì erano in campagna, che diamine! – ci si salutava con un bell'abbraccio, o tanto valeva non salutarsi nemmeno! Perché mai il McPera, perché Pear vuol dire Pera, non v'è alcun dubbio, con o senza il Mc davanti, non gradisse gli abbracci, era un mistero.

E quel Taccagn poi, prenderlo per un orecchio, procurargli tutto quel dolore, roba da matti!

Primo andò a stendersi nel suo letto e si addormentò vestito, pensando che di sicuro il giorno dopo Mr Taccagn si sarebbe scusato per aver perso la pazienza e lui, da parte sua, lo avrebbe senz'altro magnanimamente perdonato.

13.
Colazione con
BISCOTTI

La mattina dopo, svegliandosi presto, Primo poté ispezionare la sua camera. Sulla porta era inciso nel legno il seguente avvertimento: *Questa camera fin che sarai qui la paghi tu, quindi è roba tua, solo tua! Difendila! P.S. Chi rompe, paga.*

Guardandosi intorno, Primo dovette constatare che non c'era un granché da difendere. I mobili erano dimessi e vecchi, perfino tarlati, il tappeto liso, le librerie piene di strani libri di testo tutti a opera di McPear, molto polverosi e vetusti.

Mentre ispezionava la stanza sentì bussare alla porta. L'aprì. Un grande omaccione con gli occhi scuri e profondi lievemente strabici, le sopracciglia folte e la faccia da orco lo invitò a seguirlo senza tanti convenevoli. Primo lo riconobbe, era lo stesso che aveva chiuso il cancello dietro l'auto dei suoi genitori. Indossava un camice verde da bidello e Primo, nonostante il lieve strabismo dell'uomo, si rese conto che evitava di guardarlo.

L'uomo dall'andatura goffa percorse un lungo corridoio e aprì un armadio senza dire una parola. Tirò fuori un grembiule nero impolverato e rattoppato da un mucchio di altri grembiuli, giudicò la misura e mostrando i denti acuminati fece un gesto verso il bambino, come per dire: «Indossalo!». Poi abbassò subito gli occhi a guardarsi la punta delle scarpe.

A Primo quella specie di bidello piacque subito. Non ne ebbe paura, ma anzi fu il primo e forse l'unico, da quando quell'uomo era entrato nella scuola, a capire che quel suo modo di mostrare i denti acuminati equivaleva né più né meno che a un sorriso.

Anche il bidello sentì che Primo non aveva paura di lui. Incredulo e un po' a disagio sollevò le grandi mani pelose e ruggì per metterlo alla prova, ma il bambino rise di gusto a quello scherzo, l'abbracciò in vita per quanto gli riuscì ed esclamò: «Come sei simpatico! Io sono Primo, e tu come ti chiami?».

L'omaccione lo guardò perplesso e si portò l'indice a tormentare il grande labbro inferiore. Che cavolo stava succedendo? Da dove sbucava costui? Simpatico? Aveva detto *simpatico*? *Lui* simpatico? Mostrò di nuovo le zanne in una specie di sorriso e passando il dito sul camice all'altezza del petto fece vedere il suo nome, che vi era malamente ricamato sopra: *Trotter*. Poi grugnì: «Opter!».

Primo scosse rapidamente il grembiule, sollevando una nuvola di polvere. Tossì, se lo infilò e rispose porgendo la mano: «Davvero tanto piacere di conoscerla, Mr Trotter!».

L'altro, perplesso, vi poggiò dentro il suo enorme dito indice, con la grande unghia scura e ricurva. Primo lo strinse e lo agitò con energia. «Non sapevo che i bidelli della scuola fossero così gentili e simpatici. Me ne compiaccio!», disse.

Trotter era l'unico bidello, ragion per cui ne dedusse che il piccoletto stesse proprio parlando di lui. Aveva la testa che gli girava e i grandi denti acuminati tutti in fila come bambini impegnati in un girotondo gli attraversavano la faccia da una parte all'altra. Avvampò, con il cuoricione che batteva a più non posso. Fu invaso da un gran caldo. Imbarazzato e contento fece cenno a Primo di seguirlo.

Presto entrarono in un refettorio pieno di bambini e ragazzini vestiti tutti come Primo. C'era anche il preside McPear. Primo percepì la tensione di Trotter, che smise di "sorridere" e abbassò lo sguardo facendo scomparire i denti dentro le grandi labbra. Tutti gli occhi dei ragazzi erano sul nuovo venuto.

Primo, di slancio, tentò di avvicinarsi al preside per salutarlo, e questi fece tre passi indietro, mentre Mr Taccagn si interponeva fra i due prima che il nuovo venuto si prodigasse in un altro dei suoi già famigerati abbracci.

«Ha paura di lui», mormorò Von Hausen dalla prima fila.

«McPear ha paura di quello nuovo! Di quel piccoletto!», sussurrò Vinicio.

«Per forza, l'ha già quasi strozzato una volta!», si sussurrarono i ragazzi fra loro, fino a che, con un colpo al batacchio della grande campana che pendeva dal soffitto, Mr Taccagn fece tornare il silenzio assoluto.

Trotter dette una delicata spinta a Primo, che si unì ai

compagni. Oramai da anni le iscrizioni si erano così ridotte da costringere il preside a formare una sola unica grande pluriclasse.

Il preside guardandolo storto si schiarì la voce e iniziò: «Signori! Inizia un altro giorno all'Università Tuttomio McPear, scuola elementare e media pluriclasse, nonché scuola di vita. Sono lieto di presentarvi un nuovo allievo, Primo Smirth. Suo padre, Gregor Smirth, entrò qui tanti anni fa come uno sciagurato pasticcione dal cuore tenero. Sì, entrò qui come un mollusco altruista desideroso di fare... il poeta! Anzi, no, il pittore se ben ricordo! E ne uscì spietato ed egoista, pronto per divenire un liceale competitivo e battagliero e poi un uomo d'affari completamente dimentico di ogni stupida velleità artistica». McPear sogghignò soddisfatto.

«Lo stesso accadrà con suo figlio», continuò. «Ma la scuola, perché ciò accada, conta sul virtuoso clima che onora il suo buon nome da sempre e sulla rigida osservanza delle sue regole e dei suoi insegnamenti.» La sua voce si fece esile come un sussurro notturno eppure chiara, calcata su ogni parola che risuonava come una minaccia.

Seguitò guardando a uno a uno i ragazzi: «La scuola conta sul vostro egoistico supporto. Per cui vi prego di non accoglierlo benevolmente, di non farlo sentire a casa sua, di non consigliarlo o facilitarlo in alcun modo, di non avere pietà dei suoi pianti e del suo spaesamento, di non farvi traviare dalle sue suppliche e dalle sue stucchevoli e scellerate moine. Pensate sempre che lui è un vostro *competitor*, che con il suo arrivo ci sarà meno cibo per tutti, che la lotta per primeggiare sugli altri si complicherà, che la vostra vittoria passa anche per il suo annientamento. Alla faccia della solidarietà e di altre stucchevoli demenziali stupidaggini!

«Non aiutatelo, mortificatelo, schiacciatelo con la vostra abilità e, così facendo, sono certo che anche in lui sorgerà l'uomo nuovo, un superuomo! Così e solo così tirerà fuori le unghie per partecipare alla lotta divenendo spietato a sua volta, diffidente, sospettoso, incurante degli altri e del loro destino e... vincente, soprattutto questo: vincente!».

I ragazzi ascoltarono sorridendo perfidamente, e Primo si sentì osservato da tutti quegli occhi come da un branco di topi affamati. Sorrise timidamente a sua volta.

Alla pausa del preside che riprendeva fiato, Mr Taccagn iniziò ad applaudire e tutti i ragazzi lo imitarono svogliatamente, attenti a non farsi beccare con le mani in mano dagli occhietti del segretario.

Primo non credeva alle sue orecchie. Ma dov'era finito? E che cos'era quella storia su suo padre egoista? Non sapevano che Mr Gregor e Mrs Katiuscia erano le più dolci e amabili creature della terra?

Intanto il preside aveva ripreso a parlare. Ricordava la storia della sua famiglia, che per la scellerataggine di un discendente malato di generosità, suo fratello Dot, aveva rischiato la rovina, costringendolo ad aprire la scuola e a ipotecare la proprietà. Man mano che parlava alzava sempre di più la voce agitando le braccia come un predicatore.

«Ah, se mio fratello fosse morto bambino! O se solo lo

avessi ucciso con le mie mani! Oggi saremmo ancora ricchi, noi McPear, ricchissimi! E non dovrei ritrovarmi fra i piedi tutti voialtri maledetti buoni a nulla!», esclamò rabbioso McPear, e un po' di bava gli salì alla bocca. Per calmarlo, Mr Taccagn dovette passargli alcune pillole e un bicchier d'acqua, mentre i ragazzi si davano di gomito: «Ora sclera un'altra volta!», sentì dire Primo.

Invece il preside ingurgitò le pillole, tornò in sé, si asciugò la bocca con un fazzoletto e si sistemò la cravatta lisa.

«Stavo dicendo, carissimi...», riprese con aria subdola, e le sue antenne di lanugine tremarono al movimento dei grandi occhi da rapace. «Stavo dicendo quanto sia felice di avere qui un nuovo allievo. Presto, Primo, conoscerai i tuoi insegnanti... Ma adesso la colazione! Tutti fuori, per Giove! Biscotti! Fate vedere al nuovo arrivato di cosa siete capaci!», esclamò, e una perfida luce attraversò i suoi occhi.

Primo seguì gli altri studenti incuriosito. Fuori, nel grande parco della scuola, Trotter aveva già predisposto un lanciapiattelli da competizione. I ragazzi, che conoscevano bene quel rituale, iniziarono ad agitarsi, guardandosi l'un l'altro in cagnesco. Poco dopo si aprì una finestra al secondo piano e comparve il preside imbracciando una doppietta. Fece un cenno a Trotter, che iniziò a lanciare nell'aria i biscotti.

McPear prese a sparare. Aveva una gran mira, il vecchio, e non ne mancava molti, facendo ricadere sul prato briciole e pezzi di biscotto frantumato. Solo talvolta, sbagliando qualche colpo, i biscotti cadevano a terra ancora interi.

«Buona colazione, ragazzi!», urlò beffardo senza smettere di sparare.

Primo rimase immobile a guardare la scena disgustosa che si parava di fronte ai suoi occhi. I ragazzi scrutavano il cielo, annusavano l'aria simili a primordiali segugi e poi balzavano come gatti verso i punti dove cadevano i biscotti o quel che ne rimaneva. Fra graffi e spinte, pugni e lotte, ognuno ne arraffava più che poteva e se li cacciava subito in bocca.

A un certo punto il preside, esausto, smise di sparare. «Al diavolo, sono troppo vecchio per queste cose, che si affoghino!», disse, e rimase ad ammirare la scena, soddisfatto dalla prepotenza dei più grandi, ma anche dall'astuzia dei piccoli che sgusciando fra le loro gambe si riempivano la bocca di pezzi di biscotti.

Pochi attimi dopo fece cenno a Trotter di fermarsi. Il suo dovere era di nutrirli, non di rovinarsi ingrassandoli.

Mr Taccagn si voltò verso Primo, ancora pietrificato al suo posto. «Vai, cerca di fare colazione!», gli ordinò.

«Nemmeno per idea...», spiegò Primo. «Non ho fame!»

«La giornata è lunga, figliolo, se vuoi mangiare qualcosa ti conviene buttarti nella mischia!», insisté il segretario.

Primo gli sorrise: «Si può avere del tè?», domandò cortese.

Mr Taccagn lo guardò con disprezzo e sollevò gli occhi al cielo. Poi si avviò verso l'entrata senza rispondere, ma ridacchiando fra sé e ripetendosi divertito: «Del tè, ih, ih, questa poi è buona, del tè!».

Primo in effetti non mangiava nulla dal pranzo del giorno prima. Si decise così a camminare calmo per il prato in cerca di biscotti. Quando però, miracolosamente, ne trovò uno fra l'erba e lo raccolse, vide un bambino più piccolo, con i capelli rossi e tantissime lentiggini, che piangeva in disparte. Guardò prima il biscotto, poi il bambino. Infine si avvicinò e glielo porse. Il piccolo prima spalancò la bocca incredulo, e poi lo divorò letteralmente, tenendo d'occhio gli altri che non si erano accorti delle loro manovre.

«Grazie!», gli disse dopo averlo ingoiato fino all'ultima briciola. «Io sono Peter, detto lo smilzo.» Si presentarono e continuarono a cercare insieme, tenendosi alla larga dalle zuffe. Ma oramai da tempo Trotter aveva smesso di sparare biscotti e il prato era stato rastrellato a dovere. Al suono della campana, tutti smisero di cercare e si diressero verso l'edificio. Due dei ragazzi di quarta si lamentavano ancora di malumore. «Che schifo di colazione!»

Mentre andavano verso l'edificio Trotter si avvicinò a Primo e gli passò furtivamente tre biscotti con le enormi dita, e gli mostrò i denti in quello che voleva essere un sorriso.

«Grazie», gli disse Primo facendoseli scivolare in tasca. «Sei veramente un amico!»

Giunti in corridoio, prima che l'insegnante arrivasse, Primo tirò fuori i biscotti, ne tenne due per sé e dette il terzo a Peter, che anche stavolta lo ingoiò in un attimo.

«Ma dove li ha presi? Com'è possibile?», domandò Von Hausen accorgendosi del gesto.

«Ma è pazzo a darli via così!?», commentò un altro.

«Ma se non l'ho neanche visto lottare! Cavoli se è dritto questo bamboccio!», ammise Vinicio.

Primo, che aveva udito i loro commenti, si avvicinò ai compagni con una proposta: «Se fate come dico io», sussurrò, colto da un'improvvisa idea, «da domani potremmo averne a sufficienza tutti quanti!».

Vinicio, con il volto graffiato per via della zuffa, ci rifletté per un momento. Dopo qualche attimo di silenzio, il ragazzo decise che era meglio accaparrarsi il nuovo venuto, che sembrava saperla lunga nonostante l'aria da tonto. «Benvenuto! Io sono Vinicio», gli disse porgendogli la mano.

Primo ricambiò contento la stretta, presentandosi a sua volta. Gli altri cominciarono a farsi avanti scandendo i loro nomi.

«Dio ti benedica per aver tentato di strozzare quella carogna del preside!», disse Vinicio e tutti risero.

«Posso farti una domanda?», chiese Primo, rosicchiando i resti del suo secondo biscotto sotto gli occhi colmi di desiderio degli affamati del gruppo.

«Sentiamo!», rispose l'altro.

«Quanti biscotti hai mangiato?»

Vinicio si irrigidì. «Che te ne importa? Vuoi contarmeli?», rispose sgarbatamente.

«Avanti, diglielo!», s'intromise Von Hausen, stringendo la mano a Primo e dandogli anche lui il benvenuto.

«Cinque!», disse orgoglioso Vinicio.

«E ieri?», chiese Primo.

«Quattro!», disse un po' meno orgoglioso. «Ieri non la finiva più di sparare, c'ha una mira quel diavolo! E poi questi piccoletti che ti sgusciano fra i piedi e i più grandi che ti riempiono di calci e morsi... È dura qui, come vedrai...», spiegò, lanciando un'occhiata a Von Hausen, che nonostante un livido sulla fronte sorrise compiaciuto.

«Insomma», disse Primo, «lottate come maiali quando arriva la sbobba degli avanzi e nessuno ne mangia mai più di cinque, giusto!?».

«Già», ammise amaramente Vinicio.

«E così qualcuno dei piccoletti muore di fame fino al pranzo...», ipotizzò Primo.

«Giusto, ma aspetta di vedere il pranzo!», disse Vinicio volgendo gli occhi al cielo.

«Chi se ne frega dei piccoletti!», asserì Von Hausen. «I primi anni anche per me è stata dura, avevo sempre fame. Ma ora ho le braccia più lunghe, sono più svelto e forte e non posso lamentarmi di nulla!»

«E se io vi dicessi che conosco un modo per mangiarne otto a testa, tutti quanti, piccoletti compresi, senza doversi picchiare e tutto il resto?», domandò Primo guardandoli raggiante.

«Diremmo che sei matto, ecco cosa, matto da legare!», rispose Von Hausen.

«Aspetta, no, fallo parlare», intervenne il piccolo Peter, che aveva sempre fame.

«Sì, sentiamo che cosa ci propone», s'intromise Vinicio.

Si creò un capannello, e Primo fece per spiegare il suo piano. Ma appena Mr Taccagn li raggiunse e li vide confabulare, iniziò a soffiare nel suo fischietto spazientito.

«Che c'è da parlare?», urlò avvampando. «In aula! Ognun per sé, ricordate! Ognun per sé e Dio per tutti!»

14.
Lezione
di SCIENZE

Nella grande aula di scienze, proprio sopra la cattedra, c'era un enorme ritratto di Charles Darwin, padre della selezione naturale e dell'evoluzionismo, che ti guardava con un cipiglio diffidente. Sulla parete destra erano allineati degli alambicchi polverosi da "Piccolo Chimico", non usati da decenni, con uno scheletro ingiallito e sdentato appeso a un palo. Sulla sinistra, vicino a una delle grandi finestre, faceva invece bella mostra di sé una colossale teca di vetro colma di volatili imbalsamati, il più grande dei quali, un grosso condor spelacchiato, era stato soprannominato dai ragazzi McPear.

Uscito Mr Taccagn, prima che l'insegnante di scienze entrasse in aula, Peter, che aveva doti da ventriloquo, si mise di fianco alla teca e imitando la voce di McPear disse: «Eccolo là! Lo strangolatore... Mr Taccagn, lo tenga lontano da me!».

Tutti risero, tranne Primo, che lì per lì fu ingannato dall'abilità del piccoletto. Nessuno se ne avvide, però, e subito i ragazzi si accostarono al nuovo compagno, desiderosi di continuare il discorso interrotto e sapere i particolari del suo piano, che avevano già denominato *Operazione 8 biscotto*.

Ma Primo non fece in tempo ad aprire bocca che una sgradevolissima voce baritonale li fece voltare verso la porta.

«Che si fa qui! Si confabula? Ai vostri posti, razza d'invertebrati!»

I compagni corsero al loro banco, mentre Primo rimase fermo dov'era. Sulla soglia della classe si stagliava una creatura sui trentacinque anni, altissima e femmina, presumibilmente – perché nonostante la voce, a giudicare dalle forme ciclopiche, doveva per forza trattarsi di una femmina. I capelli cortissimi e neri come l'inchiostro, la faccia butterata e i lineamenti duri non contribuivano certo ad addolcire la prima impressione che se ne aveva. La donna insegnava scienze, educazione fisica e geografia, e vestiva sempre una specie di attillatissima e inquietante tuta nera. Per la sua altezza formidabile, i vestiti scuri e l'espressione scocciata che perennemente aveva sul volto, da generazioni gli studenti la chiamavano poco amorevolmente "Belfagor, il fantasma del Louvre".

I suoi occhi scuri si posarono su Primo che, non avendo un posto assegnato, era rimasto in piedi al centro dell'aula.

«Chi abbiamo qui?», disse la donna guardandolo con un'espressione sadica. «Un bel porcellino, un maialino grasso!?»

Era un'esperta nel mortificare gli studenti e si attendeva che come minimo Primo abbassasse gli occhi.

Invece Primo rise, d'un riso così autentico e cristallino come non se ne sentivano in quella stanza dal giorno in cui il fratello di McPear ci scorrazzava da bambino in triciclo.

La polvere sulle cose sembrò riscuotersi, le provette del "Piccolo Chimico" tintinnarono, ma non ci fu tempo d'accorgersene perché Primo avanzò baldanzoso verso la cattedra e disse con una voce che sembrava la contentezza fattasi suono: «Ma no, cara maestra. Ma quale porcellino, io sono Primo Smirth!», e alzandosi in punta di piedi tese la mano al di sopra della cattedra.

La Belfagor rimase a guardare con aria schifata la piccola mano di fronte a lei, poi scrutò il volto paffuto del ragazzino animato da un sorriso entusiasta e con la sua mano grande come un badile cercò la bacchetta di legno sulla cattedra. La impugnò e sbattendola con forza sul piano urlò: «Io non sono la cara maestra di nessuno, brutto mollusco paguroso troppo grasso per qualsiasi conchiglia!».

Un brivido di terrore percorse la classe. Primo invece rise, e afferrando la bacchetta dall'altra estremità disse: «Mi piace questo gioco! La maestra Sullivan a Greenwood diceva sempre che metafore e similitudini sono il sale dei buoni libri!».

A bocca aperta, la Belfagor si sentì sfilare la bacchetta di mano. Primo colpì il piano della cattedra, e facendo sobbalzare la donna disse: «Cara maestra, alta come i baobab o i dolci cedri del Libano! Che ne dice, può andare, o non sono stato abbastanza scientifico?», domandò poi per essere certo di aver capito il gioco.

Il resto degli studenti era impietrito. Addio, Primo, pensarono tutti. La Belfagor se lo sarebbe mangiato vivo e crudo da un momento all'altro, non c'era alcun dubbio. La

donna infatti gli strappò la bacchetta dalle mani e la sbatté con forza sulla cattedra una seconda volta. Mentre lo faceva, però, le parole di Primo le riattraversavano la mente veloci come scoiattoli: "Alta come i dolci cedri del Libano...". Un leggero compiacimento le toccò l'anima suo malgrado.

Irritatissima, non fosse altro perché contava sul fatto di non avere più un'anima da molto tempo, urlò: «Lurida scolopendra in preda alle convulsioni caduta in una bottiglia di acido folico, vai subito a posto prima che io...!».

Non fece in tempo a dire altro che la bacchetta tornò con sua meraviglia nelle mani di Primo, il quale, ridendo divertito, la sbatté con forza sulla cattedra e rispose: «Il suo sorriso, maestra, è come un pesce volante che guizza sotto il nero crine dei tuoi bei capelli!».

Belfagor, ancora più confusa, si toccò i capelli ispidi. Nero crine? Sorriso? Era sicura di non aver mai sorriso a nessuno negli ultimi vent'anni, non dopo che il professor Gedeone era convolato a nozze con la segretaria della scuola e tutto, proprio tutto, era diventato nero, a partire dai suoi abiti e dai suoi capelli.

Sbalordita, si alzò con un lieve giramento di testa e uscì dall'aula. Aveva bisogno di sciacquarsi la faccia. Quel marmocchio doveva essere matto, ecco cosa, matto!

Nel silenzio della mattina, quando il *clic* della porta del bagno segnalò il via libera, tutti i compagni increduli scoppiarono in un applauso.

«Non hai proprio paura di nulla tu, eh?», commentò Vinicio.

«Paura? Perché paura? Era soltanto un gioco!», rispose Primo senza capire.

Al suo ritorno in aula, tuttavia, la Belfagor era di nuovo quella di prima, e uno sguardo micidiale animava i suoi occhi.

Primo aveva letto sul registro il suo vero nome: Violet.

«Bando alle ciance!», urlò la donna. «Il Coso, qui, ci ha fatto già perdere anche troppo tempo.»

«Mi chiamo Primo, maestra Violet, può chiamarmi Primo, Coso non è il mio nome!»

La donna squadrò quel ragazzino che sorrideva placido come un lago di montagna. Oh, ci avrebbe pensato lei a riempire quel lago di scorie radioattive. Eccome se ci avrebbe pensato. E tanto valeva iniziare subito.

«Silenzio!», ordinò. «Tu, vai a sederti su quel banco vuoto, subito! E per tua norma e regola sono una professoressa, non una maestra!»

Primo obbedì in silenzio, mentre la donna proseguiva. «E voialtri, tutti quanti, guardate costui, il più grande scienziato che abbia mai calcato la terra, colui a cui si ispira la nostra scuola e la nostra dottrina!», proclamò indicando il grande ritratto sopra la cattedra. «Charles Darwin! Padre dell'evoluzionismo e della selezione naturale... che ci ha insegnato che i più forti vincono la battaglia per la vita, si nutrono, si riproducono, si adattano all'ambiente e vanno avanti, mentre i deboli, sotto il cielo della grande e giusta madre natura, soccombono e scompaiono, si estinguono e tolgono il disturbo!»

Si voltò verso Primo.

«Non si sopravvive con la compassione, con le moine e le belle parole, chiaro?!», urlò come un generale guardandolo fisso negli occhi.

«Chiaro!», urlarono tutti di rimando.

Tutti tranne Primo, che si ricordò di quella volta che la scrofa, alla fattoria di Enrichetta, aveva adottato un cagnolino rimasto senza mamma, e il cucciolo era sopravvissuto eccome, alla faccia di Darwin.

Sorrise beato ripensando alla fattoria. No, non era così che funzionava la natura, pensò. Ma per una volta, fortunatamente, stimò fosse meglio tacere per non far fare brutta figura alla maestra... anzi, no, alla professoressa Violet.

15.
Adamo

Capita ovunque, e anche all'Università di Tuttomio capitava che sbocciassero delle amicizie fra gli studenti. Capitava nonostante il regolamento lo vietasse e i ragazzi fossero spinti l'uno contro l'altro come cani affamati dalle idee propagandate dalla scuola.

Proprio per questo, per scoraggiare ulteriormente ogni forma di socializzazione, dopo le nove di sera era severamente proibito uscire dalla propria stanza, andare in quella di un compagno, riunirsi per una partitina a carte o per fare quattro chiacchiere.

Per paura delle severe punizioni previste dal regolamento McPear, quasi nessuno osava avventurarsi di notte per i corridoi delle camere, bussare furtivamente alla porta di un compagno ed entrare, dal momento che era impossibile non essere beccati. Colpa di Adamo e della sua zampa invisibile: il vecchio segugio di McPear, tenuto costantemente a digiuno dal preside, era dotato di un udito e di un olfatto prodigiosi. L'enorme cagnaccio non abbaiava mai, e se probabilmente era muto, di certo non era sordo. Se avesse abbaiato avrebbe dato il tempo ai ragazzi di richiudersi nella loro camera, ma lui era silenzioso come un fantasma e te lo ritrovavi addosso senza accorgertene.

Tutti lo temevano. Quando qualcuno provava a sgarrare, Adamo sollevava l'orecchio grande come un tovagliolo non appena sentiva il primo piede di ragazzino poggiarsi sul logoro tappeto del corridoio o percepiva una maniglia girare fuori orario al piano superiore. Poi sollevava la testa e correva su per le scale, silenziosissimo, pronto ad addentare per il colletto il malcapitato e a trascinarlo fino alla porta del preside McPear. Qui si fermava e si accucciava sullo stuoino, con il poveretto serrato in quella stretta, fino alla mattina dopo quando, aprendo la porta, il vetusto preside se lo ritrovava ai piedi, e sorridendo malefico, con gli occhi ancora arrossati, si occupava di lui personalmente, costringendolo a fare i conti con le sue più segrete debolezze e fobie.

Avevi paura dei ragni? Stai sicuro che McPear aveva uno sgabuzzino pieno zeppo di quelle creature e ti ci avrebbe tolto tremante di terrore quattro giorni dopo, avvolto in un bozzolo di ragnatele. Detestavi i topi? La cantina era lì per te.

Non gradivi gli spinaci? Non avresti avuto altro da mangiare per il mese a venire.

Il suo archivio segreto, chiuso a chiave in una ribaltina dietro la sua scrivania, conteneva annotate, chissà come, tutte le paure e le debolezze di ogni allievo. Solo così, a detta di McPear, si poteva fortificare il carattere dei ragazzi.

La scheda di Primo però era ancora intonsa. Appena arrivato com'era, McPear non era ancora riuscito a scovare nessuna debolezza. Un solo appunto ci era stato vergato con mano tremante: *Attenzione, il soggetto abbraccia a tradimento!*

Comunque, tornando a noi e al vecchio segugio Adamo, Primo aveva dato appuntamento ai ragazzi in camera sua per le undici per spiegar loro la faccenda dei biscotti, e subito questi si erano affrettati a riferirgli del cane e di quanto il suo piano fosse assurdo e impossibile da attuare.

Ma Primo aveva sorriso e risposto: «Un cane? Mi piacciono i cani!».

Inutile spiegargli che non si trattava di un cane normale, di un bassotto o di un bastardino, ma di un demone affamato!

«Con i cani, come dice sempre Enrichetta, basta non aver paura: loro avvertono subito la paura e si sentono autorizzati ad abbaiarti», aveva replicato lui.

In tutti i modi avevano cercato di spaventarlo e di dissuaderlo, ma lui aveva ripetuto tranquillo: «Alle undici!».

I ragazzi non sapevano che pensare: o quel piccoletto era più coraggioso di Ercole, o era semplicemente tonto e matto da legare. In quel caso prima lui e poi loro avrebbero fatto una brutta fine.

Tutti con gli occhi aperti, nel buio delle proprie camere, attesero con trepidazione il rintocco dell'orologio della torre, l'aprirsi della porta di Primo, il sopraggiungere di Adamo, le urla di aiuto e tutto il resto. E, infatti, quando scoccò l'ora e la campana della torre diede il suo rintocco, Primo girò la maniglia e aprì la porta.

Come un'onda di vento Adamo corse su per le scale ed entrò nella camera di Primo, trovandola vuota. Poi percepì uno strano, sublime odore provenire dall'armadio e notò l'anta che si scostava. Non so dirvi la sua sorpresa e la sua commozione quando vide sporgere dall'armadio una salsiccia, una di quelle che Primo era riuscito a portarsi in valigia per nutrire i gatti e che si rivelava ora molto utile. Adamo prese prima ad annusarla per accertarsi che non fosse un miraggio e poi ne addentò la punta. Tutt'uno con quel sublime sapore, così diverso dai papponi di riso e avanzi di McPear, giunse la mano di un bambino a carezzargli la testa e a dargli delle deliziose grattatine dietro le orecchie. Il paradiso! Infine la porta dell'armadio si aprì del tutto e Primo si chinò a riempire di coccole il vecchio segugio, che non pensava ad altro che a finire la sua salsiccia.

«Bravo il mio cagnone, bello! Ti è piaciuta la salsiccia? Ho anche dei croccantini in tasca, sai? Sono da gatto, ma andranno bene lo stesso!»

Cavolo se andavano bene! Poco dopo Primo bussò a tutte le porte, che si schiusero timidamente, e fu così che alla sua fama di stritola-presidi si aggiunse quella di domatore di bestie feroci.

Adamo ringhiò sentendo il profumo della paura nei nuovi arrivati.

«Buono! Sono amici! Venite qua, ragazzi, prendete un po' di croccantini, non abbiate paura, fate amicizia con Adamo!»

Ciascuno di loro, più o meno tremante, lasciò che il mitico Adamo, scodinzolante e grato, mangiasse voracemente un croccantino dalle sue mani.

Adamo

Come avevano fatto a non pensarci anche loro?, si domandò Vinicio, sapendo che ben più dell'idea, gli sarebbe mancato il coraggio di attuarla.

Quella sera nella camera di Primo si tenne la prima riunione dell'appena costituita *Cooperativa di Mutuo-soccorso Tuttoditutti-AntiMcPear.*

«E adesso lasciate che vi spieghi come ci comporteremo domani mattina a colazione...», iniziò Primo placidamente seduto sul suo letto, spalancando i grandi occhi azzurri. La testa di Adamo stava mollemente adagiata sulla sua coscia destra a raccogliere carezze e grattatine, mentre i ragazzi, seduti a terra con le gambe incrociate, lo ascoltavano ancora increduli.

«Allora, statemi bene a sentire! Faremo così...»

16.
BISCOTTI
ballerini

La mattina dopo il parco della grande villa era animato da silenziose e invisibili presenze che vi si muovevano furtivamente in cerca di cibo, irrequiete e miagolanti. Da ovest soffiava un vento lieve e fresco, che avrebbe reso perfetta quella giornata settembrina se solo vi si fosse potuta anteporre una colazione degna di questo nome.

Quando Trotter ebbe sistemato il lanciapiattelli con i biscotti, le finestre si aprirono e comparve il ghigno deciso del preside McPear.

I ragazzi erano disposti in posizione d'assalto come al solito, ma quando Trotter cominciò a lanciare, ecco che anziché gettarsi sui biscotti, cominciarono a ballare e a canticchiare la quadriglia leggiadri, con le mosse pimpanti e precise di dame e cavalieri del Settecento. Inchino, incrocio delle mani, cambio del cavaliere e della dama, passaggio sotto il tunnel delle braccia cantando il motivetto barocco a voce sempre più sicura. Il preside McPear rimase così sbalordito da quella visione che abbassò il fucile e lasciò cadere la mascella in un'espressione di meraviglia.

Grazie a quella distrazione i biscotti caddero integri sul prato e furono raccolti dai più piccoli, che non partecipavano alla quadriglia. A loro era stato assegnato il compito di raccoglitori: discretamente, senza farsi notare, si riempirono le tasche.

McPear e Mr Taccagn erano fuori di sé, presero a urlare contro i ragazzi che indifferenti alzavano il canto e si lanciavano ancor più entusiasticamente nelle danze.

«Fermatevi, scimuniti! Ma si può sapere che cosa vi è preso?!»

Nessuno dei due pensò però a fermare Trotter che, d'accordo con Primo, seguitò a sparare biscotti all'impazzata. Le tasche e le maglie dei piccoletti furono presto stracolme del prezioso bottino.

Alla fine McPear urlò a Trotter di fermarsi e ordinò sbraitando isterico che tutti entrassero in aula, che se erano tutti impazziti ci avrebbe pensato lui a farli rinsavire. Ci volle un bel po' però perché gli allievi obbedissero.

Per la prima volta, McPear avvertì un leggero affievolimento del suo potere sui ragazzi. Oramai da anni non era stato più necessario urlare per farsi obbedire: era sufficiente un'occhiata o un ordine scandito quasi sottovoce con lo sguardo minaccioso. Adesso, invece, improvvisamente, eccolo lì a starnazzare come una gallina impazzita per richiamarli all'ordine. Che stesse diventando troppo vecchio? Che i ragazzi avessero iniziato a vederlo come un debole vecchietto di quelli che si incontrano seduti al sole sulle panchine dei giardini? Oppure, più semplicemente, la notizia della sua reazione al contatto con il nuovo moccioso era bastata a minare la sua autorità. Meditabondo, McPear chiuse la finestra.

I ragazzi, intanto, salivano le scale del vecchio edificio per recarsi nell'ala destra, dove si trovava la grande aula di scienze. Durante la salita della larga gradinata di pietra scura, i biscotti passarono di mano in mano a una velocità sorprendente. I piccoli raccoglitori furono alleggeriti e il carico ridistribuito.

Mr Taccagn, giunto in classe dopo di loro e rosso in viso come una dama offesa nell'onore, esplose in una bella ramanzina. Disse che non voleva vederli più fare i deficienti, che una scena del genere non avrebbe dovuto più ripetersi per l'onore e l'orgoglio della scuola. Non erano in una scuola di ballo e il loro grande preside era rimasto molto, ma molto deluso e addolorato dal loro ignobile e stupido comportamento.

I ragazzi dovevano trattenersi dal ridergli in faccia, contenti com'erano di aver fregato il vecchio McPear per la prima volta da quando erano in quella scuola.

Ascoltarono la prima lezione di scienze con la testa fra le nuvole. Poi, al cambio dell'ora, messa una sentinella alla porta che li avvertisse in tempo del ritorno della Belfagor, contarono i biscotti, sorprendendosi di scoprire che gliene toccavano ben dodici a testa. «Ricordate? *Operazione 8 biscotto*! Avevamo detto otto a testa e otto a testa ne mangeremo», propose Primo. «Gli altri andranno nel fondo della cooperativa per situazioni di emergenza e di necessità.»

Tutti applaudirono.

Durante la lezione successiva – geografia economica, sempre con l'ineffabile Miss Belfagor – Mr Taccagn entrò in aula, e saltando ogni convenevole indicò il baronetto Von Hausen, flettendo ripetutamente e minacciosamente il lungo dito ossuto come un grosso lombrico a forma di gancio. «A rapporto dal preside!» intimò.

I ragazzi capirono al volo che Von Hausen veniva convocato per diventare l'informatore di McPear, una lurida spia, che li avrebbe traditi tutti. Era così che funzionava in quella scuola. La cooperativa era stata solo un bel sogno che finiva prima di cominciare. Un'ombra di delusione attraversò i loro cuori.

Von Hausen, già sulla porta, guardò Primo, il quale gli sorrise quieto, strizzandogli l'occhio.

Anche gli altri guardarono Primo preoccupati e si stupirono di trovarlo sorridente e tranquillo, come se non capisse la gravità di quanto stava per accadere.

"Non ci sono dubbi", pensò Vinicio, subito prevenuto contro il nemico di sempre, "Von Hausen è di una razza della quale non ci si può fidare!". Sapeva bene che il rivale era sempre stato opportunista ed egoista, snob e altezzoso! Un ottimo allievo di McPear, il primo della classe. Scosse la testa sconsolato.

Invece Von Hausen, procedendo dietro Mr Taccagn verso l'ufficio del preside, pensava a Primo e alla fiducia che aveva visto nei suoi occhi quando l'aveva guardato un attimo prima di uscire. Non capitava spesso che qualcuno si fidasse di lui, anzi, a dirla tutta, non capitava mai. Certo, era solo un bamboccio, eppure quel piccoletto appena arrivato, che all'inizio l'aveva quasi infastidito, aveva un qualcosa, un modo di fare e di spiegare le cose... La sera prima si era comportato da capo? Forse, nell'istruire e distribuire i compiti, però aveva anche valorizzato ciascuno di loro, aveva chiesto il parere perfino ai più piccoli, fatto parlare proprio tutti. E a lui, proprio a lui, aveva chiesto di insegnare agli altri a ballare la quadriglia, come lui solo sapeva fare avendolo imparato sin da piccolo nei ricevimenti che la sua famiglia dava in Olanda, a Utrecht, nel loro castello meraviglioso. Era stato bello insegnare, ridere, essere al centro dell'attenzione.

Tradire gli altri avrebbe significato gettare Primo nelle braccia del suo rivale, di Vinicio, regalarglielo.

E poi, come doveva comportarsi con McPear? Sì, certo, era il preside, ma in fondo lui proveniva da una delle famiglie più nobili d'Olanda e non doveva certo chinare la testa di fronte a un pezzente che viveva in quella topaia, costretto a tenere a pensione trenta ragazzi per sbarcare il lunario. Pensò ai suoi antenati, ai ritratti, che in casa aveva visto sin da bambino, di quei giovani ufficiali morti in battaglia o in duello per difendere il loro onore e quello della propria casata.

Mr Taccagn bussò, la voce di McPear rispose «Avanti!», e il ragazzo entrò, quasi spinto dentro dal segretario. Il giovane baronetto si impettì in una bella posa romantica, come fosse stato egli stesso già dentro un quadro, e attese che il preside parlasse.

«Allora, caro baronetto, venga, si sieda, sentiamo, sentiamo... mi dica tutto!», disse McPear squadrandolo con i suoi occhietti rossi e sfregandosi le mani. «Che cosa sta succedendo?»

Von Hausen asserì che preferiva rimanere in piedi. L'altro percepì la sua ostilità, s'irritò. Non aveva messo in conto un rifiuto.

«Come preferisce. Mi dica, però... cos'era questa pagliacciata a colazione? Suppongo sia una trovata del nuovo arrivato... giusto? Può spiegarmene la funzione? Può dirmi cosa sta avvenendo nella mia scuola?»

«Non ho niente da dire», rispose Von Hausen impettito, con le labbra esangui che gli tremavano appena.

McPear, dilatando gli occhi da rapace e facendo ondeggiare le sopracciglia lanuginose, gli fu a fianco come volando da un invisibile trespolo sulla spalla del ragazzo. «Non le consiglio...», sussurrò minaccioso al suo orecchio, «di imboccare questa strada...».

«Non ho bisogno di consigli, e lei non può farmi niente. Io sono Enrico Von Hausen dei Von Hausen, non faccio la spia e non temo ritorsioni. Lei non può farmi niente o lo dirò a mio padre che è un uomo molto potente!», esclamò il ragazzo tutto d'un fiato.

Il preside scoppiò in una risata di scherno e tornò con grandi passi da trampoliere verso la scrivania. «Ah! I Von Hausen! Molto potenti!», esordì ironico.

«Non le permetto!», disse il ragazzo sentendosi deriso.

«Silenzio! Sciocco che non sei altro! Mi dirai quello che

voglio sapere, ogni cosa, fino all'ultimo particolare, Von Hausen! Perché pensi che abbia chiamato proprio te fra tutti, non te lo sei chiesto!? Perché il figlio di una famiglia così nobile e ricca si trova in questa scuola e, oramai da *due* anni, non vede suo padre che un giorno o due all'anno, te lo sei mai chiesto?»

Poi, senza staccare i grandi occhi dal ragazzo, estrasse delle lettere dal cassetto della scrivania e gliele porse.

«Guarda, caro il mio potente Von Hausen: queste sono lettere di tuo padre che non paga la tua retta da due anni! Da due anni sono io che ti nutro e ti vesto! Il barone mi supplica di attendere, mi parla delle sue difficoltà economiche e politiche, mi dice di non dirti nulla, e queste sono cambiali firmate per mano di tuo padre!»

Von Hausen deglutì e gli occhi gli si riempirono di lacrime. «Non è vero!», disse. «Noi siamo ricchissimi, abbiamo un castello a Utrecht!»

«Piantala di raccontare storie! Avevate una reggia un tempo, poi una semplice villa, e ora la banca l'ha ipotecata. Dopo la morte di tua madre, tuo padre si è fatto mangiare tutto in investimenti sbagliati, consiglieri ladri e parenti serpenti, quello sciocco!»

«Mio padre non è uno sciocco! Non le permetto di parlare così!», urlò il ragazzo con gli occhi pieni di lacrime dall'umiliazione.

«Bando alle ciance, baronetto dei miei stivali, ora la scelta è tua: o mi dici tutto, o domani mattina stessa sei fuori di qui con i vestiti che avevi quando ci sei entrato. Dopodiché metterò all'incasso le cambiali facendo finire il tuo vecchio in galera. A te la scelta!»

Oh, come lo elettrizzava veder piangere quel ragazzo, come si sentiva perfido e cattivo e in forma adesso, McPear. Altro che mansueto vecchietto! Doveva ancora nascere un moccioso capace di tenergli testa.

Von Hausen strinse i denti dalla rabbia. Non poteva essere vero. Avesse avuto un fioretto al fianco, come i suoi antenati, avrebbe infilzato quel tacchino spelacchiato da parte a parte facendogli rimangiare le sue parole.

Invece avanzò verso la scrivania e prese a esaminare le lettere e le cambiali. Lesse: era davvero l'inconfondibile, elegante calligrafia di suo padre. Ed era tutto vero:

Nelle mie attuali condizioni non saprei davvero dove altro mandare mio figlio, la prego, appena possibile la pagherò, in nome della nostra vecchia amicizia...

Si lasciò cadere su una sedia e mise le mani sul volto. Non voleva piangere di fronte al preside.

«Vedo che ci siamo capiti», disse McPear trionfante. «E adesso mi dirai tutto quello che voglio sapere, oggi e in seguito, fino a che starai qui!»

17.
Ribellione!

Quando Von Hausen tornò in classe aveva gli occhi rossi e la testa bassa, e non osava volgere lo sguardo verso i compagni.

«Lo sapevo», mormorò Vinicio. «Ci ha traditi, non ha nemmeno il coraggio di guardarsi intorno.»

«Si vergogna», disse Primo, che lo scrutava con i suoi grandi occhi azzurri pieni di compassione. Con loro grande sorpresa, però, Von Hausen prese le sue cose da sotto il banco. Mr Taccagn lo aspettava sulla porta con le braccia incrociate e un'aria furente, pestando ritmicamente la punta del piede destro sul pavimento con impazienza.

La professoressa Belfagor continuava a spiegare fingendo di ignorare la scena.

«Che significa?», mormorò Vinicio.

Poi Von Hausen si voltò verso di loro e disse: «Addio, ragazzi!».

«Come, addio?», domandarono alcuni, mentre Mr Taccagn lo tirava per un braccio intimandogli di tacere.

«Mi cacciano!», spiegò il ragazzo con le lacrime agli occhi. «Ma non ho detto una parola!»

Vinicio lo guardò interdetto. Non riusciva a crederci.

Primo invece si alzò in piedi e prese a raccogliere le proprie cose da sotto il banco.

«Dove credi di andare, tu?», chiese la Belfagor.

«A telefonare a mio padre», spiegò placidamente il ragazzo. «Lui ha voluto mandarmi in questa scuola proprio perché c'era un nobile, il baronetto Von Hausen, ora che non c'è più credo proprio che mi farà cambiare scuola!»

Ci fu un attimo di perplessità, poi Mr Taccagn disse malignamente: «Meglio così, da quando sei arrivato non hai portato che problemi!».

Ma a quel punto, anche Vinicio si alzò: «La stessa cosa vale per me», spiegò, assumendo un tono solenne e guardando Von Hausen dritto negli occhi. «Mio padre mi ha mandato qui solo perché c'era Von Hausen, il figlio del suo vecchio compagno di scuola e rivale. "La partita non è ancora finita, ragazzo mio", mi ha detto, "tocca a te continuarla". Dal momento che lui se ne va, anche per me non c'è più ragione di rimanere. Andrò in una scuola come si deve!»

Mr Taccagn era senza parole.

Intanto anche altri ragazzi e bambini si alzarono e presero a radunare libri e quaderni.

«Mio padre è un industriale, ma vorrebbe tanto un titolo nobiliare», disse il piccolo Peter, «e mi ha mandato qui per vantarsi del fatto che ero in una scuola privata frequentata da aristocratici».

Anche la professoressa Belfagor si era ammutolita e guardava la scena perplessa.

Adesso tutti i ragazzi erano in piedi e radunavano le loro cose.

Taccagn si riscosse e urlò a tutti di tornare subito al proprio posto. La Belfagor si unì a lui con ordini e urla isteriche, sbattendo la sua bacchetta sulla cattedra per richiamarli all'ordine.

Fu inutile. Trotter fu mandato di corsa a chiamare McPear perché nessuno obbedì o accennò a fermarsi nonostante le urla.

Presto furono tutti nei pressi della porta. Mr Taccagn allungò una mano, pronto a prendere Primo per un orecchio, ma Vinicio, che era alto per la sua età, intuì le sue intenzioni e l'afferrò al polso prima che ci riuscisse.

«Lasciami subito!», gli ordinò il segretario in difficoltà, sentendosi stringere e piegare il polso. «Come ti permetti?»

Già, come si permetteva? Vinicio non se ne capacitava nemmeno lui, eppure una cosa era certa, una cosa incredibile: non sapeva come, non sapeva perché, ma non aveva più paura. Quando se lo chiese, una risposta si stagliò chiara nella sua mente come un monumento di marmo bianco al centro di una piazza di asfalto nero: non era più solo contro tutti, erano una cooperativa, adesso.

Mollò la presa, e Mr Taccagn iniziò a massaggiarsi il polso dolorante. «Me la pagherai...», mormorò guardandolo con odio. «Pagherete anche questa!»

Quando Trotter bussò all'ufficio di McPear, spaventato e confuso per quanto stava accadendo e con il terrore che il piccolo nuovo arrivato se ne andasse davvero, una voce minacciosa gli intimò l'avanti.

McPear se ne stava sprofondato in una vecchia poltrona nella penombra della stanza e il suo abito nero scompariva nel buio, cosicché sembrava davvero che solo la sua testa diafana, come un gufo dagli occhi arcigni, fosse posata sulla sommità della spalliera, pronta a spiccare il volo da un momento all'altro. Il preside stava riflettendo. Pensava di aver vinto, di averlo in pugno, aveva urlato a Von Hausen di parlare o di andarsene via affrontando le conseguenze del suo gesto, ed era rimasto esterrefatto dal suo silenzio.

«Ti rovinerò, rovinerò tuo padre e te!», gli aveva urlato. «Domani stesso incasserò queste cambiali. Tu rovini tuo padre per lui? Ma *lui*, quel Primo Smirth, cosa ha fatto lui per te!? Cos'ha fatto quel ridicolo moccioso per meritare la tua fedeltà?!»

Ma tutto era stato inutile. Von Hausen aveva preferito farsi cacciare che tradire i compagni. Dopo ben tre anni alla Tuttomio, dimostrava di non aver imparato un fico secco! Era bastato un marmocchio a mettere in discussione tutti gli insegnamenti della scuola e a far risorgere nel baronetto degli stupidi sentimenti edificanti nei confronti di un gruppo che, come tale, non sarebbe dovuto esistere.

Improvvisamente, McPear ne fu certo: tutto il suo lavoro veniva messo a repentaglio da quel moccioso. Ancora una volta, come tanti anni prima, la generosità e l'altruismo erano penetrati come una volpe bianca nel suo pollaio e stavano trasformando i suoi galletti da combattimento in stupidi polli. Tutto ciò che aveva sempre detestato, e che aveva portato alla rovina della sua famiglia, ritornava ora sotto le mentite spoglie di quel marmocchio, stupido e ipocrita come suo fratello, per distruggerlo.

Trotter tossì e a occhi bassi disse: «Tuti udenti, via andare, ora! Loro ornare asa, lascia uola!». Quando ebbe capito, non senza difficoltà, ciò che stava accadendo, McPear superò di corsa il bidello e si precipitò verso le scale, tirandosi dietro Adamo e il fucile. Il vecchio segugio però opponeva resistenza, sbadigliava, si lasciava trascinare.

Non riconosceva più quel cane, ma che gli pigliava? Dovette tirarlo con forza per convincerlo a scendere. Che anche lui si stesse rammollendo? Perché non camminava? Non fece in tempo a pensarlo che disgraziatamente inciampò nel guinzaglio, perse l'equilibrio e ruzzolò giù per i gradini. A metà delle scale il calcio del fucile gli scivolò di mano, batté su uno scalino e partì un colpo. *Bang!* Il proiettile colpì il soffitto a cassettoni e fece cadere sul povero McPear un enorme lampadario pieno di polverose foglie d'acanto. Ingabbiato nei bracci del lampadario di ferro battuto come un galeotto alla gogna, McPear continuò a rotolare giù per la lunga scala e giunse in fondo giusto in tempo per vedere i ragazzi in fila con i libri sottobraccio, pronti a salire al piano di sopra e fare fagotto.

Fece per gridare un ordine, tentò di liberarsi per rimettersi in piedi, ma come si mosse, un dolore lancinante gli attraversò la gamba sinistra e il braccio destro. Urlò di disperazione.

Subito accorsero la professoressa Belfagor e Mr Taccagn, mentre i ragazzi restarono immobili. Alcuni non riuscirono a trattenere una risatina di soddisfazione. Primo, invece, preoccupatissimo, si avvicinò per soccorrere il preside, dal momento che i primi due accorsi in suo aiuto lo facevano urlare ancora di più dal dolore, beccandosi degli imbecilli.

Primo però ricordava benissimo la volta in cui Achille, uno dei grossi maiali di Enrichetta, si era rotto una zampa saltando la porta del porcile, e agì con una professionalità stupefacente: insieme a Vinicio liberò delicatamente McPear dal lampadario e ordinò perentorio a Mr Taccagn di chiamare subito un'ambulanza. Poi usò la bacchetta della professoressa Belfagor per steccargli almeno la gamba rotta.

Mr Taccagn eseguì, livido di rabbia. La situazione era ormai uscita totalmente dal suo controllo. L'apice del suo sgomento però fu raggiunto quando, mezz'ora dopo, mentre gli infermieri dell'ambulanza coricavano McPear sulla barella, sentì le labbra del preside che, suo malgrado, pronunciavano queste parole all'indirizzo di Primo: «Grazie, figliolo!».

Lo stesso McPear sgranò gli occhi, come se nemmeno lui potesse capacitarsi di quello che aveva appena detto. Cosa gli stava capitando? Era tutta colpa del dolore, chiaro.

Quando l'ambulanza ululante attraversò il cancello della scuola, il preside si vide riflesso nel vetro opaco del finestrino e un tremito lo attraversò da capo a piedi: non gli piacque quel che vide. Per la prima volta in tanti anni comprese che il tempo era passato anche per lui, che il ragazzo arrogante e sicuro che un tempo era convinto di conquistare il mondo non aveva conquistato un bel niente, e adesso era un vecchio circondato da leccapiedi sottopagati e da una ciurma di ragazzini che l'avrebbero volentieri messo in forno con le patate.

18.
Lezione di ECONOMIA

In un certo qual modo McPear riuscì nel suo intento. Probabilmente, al punto in cui si era arrivati, né il suo fucile e le sue urla, né il non più terribile Adamo sarebbero serviti a sventare l'ammutinamento dei ragazzi come ci riuscì, invece, la sua clamorosa e disastrosa caduta.

Il giorno dopo, come se niente fosse accaduto, tutti i ragazzi, compreso il baronetto Von Hausen, si presentarono a lezione. Trovarono ad attenderli un insegnante che Primo non aveva ancora mai visto, Mr Forcent.

Insegnava economia, pensiero politico e matematica e abitava nell'ala destra della scuola, per la precisione nelle soffitte, dove si era ricavato un lussuoso appartamento che nessuno aveva mai visto e il cui splendore era una leggenda della quale si favoleggiava in tutta la scuola.

Mr Forcent scambiava l'affitto del suo attico, come amava definirlo, con una parte del suo salario. Oramai sui cinquant'anni, gli studenti l'avevano soprannominato Gamba Corta per la sua altezza, che non superava un metro e cinquanta, facendolo assomigliare a un pinguino. Nonostante lo si sapesse ricchissimo, vestiva sempre con la medesima redingote riadattata le cui due lunghe code lise sfioravano quasi terra, il solino di cartone e un vecchio cilindro sforacchiato dalle tarme. Si attribuiva questa sua sciattezza un po' snob alla sua avarizia proverbiale.

Aggiustandosi il monocolo, Mr Forcent salì sull'alta pedana costruita apposta per lui e iniziò a parlare con un tono di voce gracchiante: «Piccole canaglie, devo farvi i miei complimenti. Siete riusciti a mettere fuori gioco McPear. Non è operazione da poco. Ora vorrei sapere chi è questo Primo che ha evitato al vecchio ben più atroci sofferenze steccandolo tutto come mi è stato raccontato...».

Tutti indicarono Primo, che sorridendo timidamente fece un cenno con la mano.

«Non ti ho mai visto. Sei nuovo, eppure... somigli come una goccia d'acqua a qualcuno che ho conosciuto tanti anni fa. Come fai di cognome?»

«Smirth!», disse Primo. «Sono il figlio di Gregor Smirth.»

«Ah! Ecco chi mi ricordavi! Quel patatone di tuo padre che voleva fare il pittore o qualcosa del genere... Studiavamo insieme. Ce ne volle di tempo e fatica a McPear per tirare fuori da quel ragazzino la carogna che era in lui», gracchiò. «Ma torniamo ai fatti di ieri. Perché sei intervenuto!? Dovevi farti gli affari tuoi, amico caro! Dovevi farlo crepare di dolore, quel serpente di McPear! Non hai studiato Hobbes? *Homo homini lupus!* Devo ricordarti il motto della scuola? *Mors tua vita mea!*», sentenziò.

I ragazzi esplosero in una risata. Era noto a tutti l'astio

che Mr Forcent nutriva per McPear, un astio perfettamente ricambiato, nonostante lavorasse in quella scuola da quasi trent'anni.

Il fatto era che Mr Forcent, che se non altro non era un leccapiedi, aveva prestato dei soldi a McPear per mantenere aperta la scuola, ma questi si era ben guardato dal restituirglieli, così per necessità e per tenerlo buono l'aveva assunto come docente e ospitato nella sua soffitta in cambio di una parte dello stipendio.

Ora, Mr Forcent si era trovato in una posizione strana: certo, avrebbe potuto fargli causa, mandarlo in fallimento e ritrovarsi proprietario di una parte della baracca; ma in tal caso si sarebbe trovato senza lavoro e con la metà dei debiti di McPear. L'alternativa – ovvero continuare a tallonarlo e a protestare, ma rimanere dov'era – alla fine si era rivelata più allettante: secondo i più, la sua proverbiale avarizia gli aveva impedito di rifarsi una vita altrove. Sarebbe costato troppo.

«Hai il cuore troppo tenero, ragazzo, ecco cosa!», disse rivolto a Primo. «Ma ci penserò io. Vediamo a che punto sei con la matematica economica di quel vecchio balordo di McPear!»

I ragazzi risero. Mr Forcent alzò gli occhi gialli in cerca di una domanda, si aggiustò il monocolo e, proprio come avrebbe fatto un pinguino, si portò di fronte a Primo muovendosi impacciato sulle corte gambe.

«Vediamo... facciamola facile: un ragazzino intelligente ha 12 caramelle. Vanno a trovarlo due altri ragazzini. Quante caramelle darà a ciascun ragazzino?»

«Dipende...», disse Primo. «Se è molto generoso e sa che a loro piacciono le caramelle potrebbe dargliele anche tutte!»

I ragazzi risero. Mr Forcent scosse la testa, accigliandosi. Sotto i corti capelli simili a una moquette scura e uniforme, le sue nere sopracciglia si incurvarono in un'espressione preoccupata.

«Rifletti bene, ragazzo, prima di dare riposte avventate! Sono le sue caramelle e lui è un ragazzino intelligente!»

«Se volesse dividerle equamente ne darebbe quattro a testa, 3x4 fa 12!»

«Sbagliato!», urlò Forcent, giungendo finalmente alla risposta che si aspettava. «O meglio, giusto per la matematica che regna nello stupido mondo là fuori, ma non per la nostra matematica Mc, accidenti a lui, Pear!»

I ragazzi risero di gusto e lui si impettì gonfiandosi d'orgoglio.

«Chi sa rispondere? Per voi è facile, nevvero, razza di canaglie!?»

Tutte le mani si alzarono in un coro di «Io! Io!».

Forcent indicò Peter in prima fila.

Lui guardò Primo ed esitò un attimo a rispondere, ricordandosi dei biscotti ricevuti. Poi però disse: «Se è intelligente, come dice il problema, non gliene darà nemmeno una! Potrebbe venderglieie, o scambiarle con oggetti di valore, o prestarle con un alto tasso di interesse, ma mai regalarle!».

Tutti applaudirono.

Primo li guardò sconcertato. Rimase per qualche attimo in silenzio, poi disse: «Posso raccontare anche io una storia matematico-economica, una sorta di problema indovinello che mi ha raccontato il signor Zac, il droghiere di Greentown amico di Enrichetta Stevenson?».

«Sentiamo», acconsentì Forcent incuriosito. «Anche se nei miei libri non ho mai sentito parlare né dell'uno né dell'altra e dubito siano economisti!»

Primo, come se non avesse fatto altro tutta la vita si alzò in piedi e cominciò a raccontare: «C'era una volta un ricco sceicco che aveva tre figli. A loro lasciò tutti i suoi averi equamente divisi. Quando arrivò a dividere i cammelli a cui teneva molto decise di seguire la tradizione. Al maggiore ne avrebbe lasciati 1/2, al secondo 1/3 e all'ultimo solo 1/9. Naturalmente non era possibile uccidere i cammelli e tagliarli a pezzi, ma occorreva trattarli con tutti i riguardi, pena la perdita dell'eredità. L'unico problema consisteva nel fatto che i cammelli erano 17. Stando così le cose sembrava impossibile dividerli, chiesero aiuto a un loro vicino che aveva fama di grande matematico e questi vi riuscì. Come fece? Come fareste voi?».

Tutti si misero al lavoro impegnandosi nei calcoli.

Lo stesso *professor Forcent* si impegnò nella risoluzione.

«Siamo sicuri che non si può macellare un cammello?», domandò un ragazzino in prima fila.

«Se non si può, non si può», lo riprese Von Hausen. «E anche venderne uno non servirebbe a nulla! Pure se si potesse, perché 16 diviso tre fa di nuovo un numero non intero!»

Dopo un po' il professor Forcent mise via la sua stilografica e disse: «Bambino, questo problema è impossibile.

Ragazzi, è inutile che vi affanniate, è evidente che il 17 non può dividersi creando numeri interi!».

Allora Primo riprese la parola e disse: «Ecco come fece il vicino... il vicino fece un prestito ai fratelli, prestò loro un cammello. Così i cammelli divennero 18. Il primogenito ne prese 9, il secondo 6 e il terzo 2. Così facendo avanzò un cammello che il vicino riprese per sé!».

Ci fu un attimo di silenzio. Alla fine tutti applaudirono entusiasti. Anche Forcent si unì all'applauso, senza troppo entusiasmo, però, inarcando le sopracciglia da pinguino in un'espressione perplessa. «Bella storia...», ammise infine, «anche se... non sono sicuro che mi piaccia... Che cosa vuol dire?».

«Le storie sono storie», rispose Primo.

«Quel tipo, però...», seguitò meditabondo Forcent, «insomma... non ci ha guadagnato nulla... Poteva farsi pagare».

«Per cosa?», domandò Primo. «Non ci ha neanche rimesso nulla...»

«Poteva benissimo farsi pagare il prestito, in fondo senza il suo cammello non sarebbero mai riusciti a dividersi l'eredità senza litigare, e questo ha un prezzo, perdinci!»

«Forse la gioia che ha provato il vicino nell'essere loro utile e nel non farli litigare è già una sorta di pagamento per lui.»

«Bel pagamento... Se avessero litigato magari dal loro disaccordo poteva venirgliene qualcosa di buono, uno dei tre fratelli avrebbe potuto vendergli a buon prezzo i suoi cammelli prima di andarsene», obiettò Forcent.

«O avrebbe potuto decidere di avvelenare l'acqua del fiume per far morire i cammelli dei fratelli, uccidendo così anche quelli del vicino o lui stesso... La guerra non porta mai nulla di buono», disse Primo, ricordando cosa gli aveva sempre detto Enrichetta alla fattoria.

«Stupidaggini!», urlò Forcent riguadagnando quasi al volo la pedana. «Tutte le più grandi crisi sono state superate grazie alle guerre. La guerra è perfetta per operare speculazioni, non solo le fortune degli speculatori si ingrossano ma anche un poveraccio, in tempo di guerra, se ben accorto può approfittarne per arricchirsi in un momento in cui, viva noi, non esistono regole! E dopo una guerra, dopo gli affari fatti per costruire navi, aerei, bombe, ecco che c'è da ricostruire tutto e gli affari girano e l'economia cresce!», e voltò gli occhi al cielo inebriato da quel pensiero.

«Sì, ma i poveri si moltiplicano, per non parlare delle vedove, gli orfani, i morti, i mutilati e la fame...», fece notare Primo.

Forcent afferrò il suo bastone dal pomo d'avorio e glielo puntò sul petto, saltando giù dalla pedana come se volasse: «Sei forse una vedova tu, ragazzo?! Avanti, rispondi!».

«Certo che no», ammise Primo divertito.

«Sei un morto, o un mutilato?», lo incalzò Forcent.

«Nemmeno...», ammise Primo scuotendo la testa e sorridendo.

«Sei forse un orfano?», lo incalzò l'altro premendogli ancora di più il bastone sul petto e registrando la sua vittoria.

«E allora cosa te ne frega, amico caro?!?», gli urlò in faccia con tutto il fiato che aveva. «Fatti gli affari tuoi, amico caro!»

La classe assisteva alla scena senza fiatare.

Primo esplose in una delle sue risate cristalline e, come aveva fatto con la bacchetta della professoressa Belfagor, afferrò il bastone e lo voltò verso Mr Forcent. Il professore, preso alla sprovvista, se lo ritrovò puntato sul petto, con la schiena schiacciata contro la lavagna.

«Lei vuole scherzare, professore! Scommetto che anche lei ha qualcuno per cui darebbe tutto, perfino la vita! In fondo, come dice Zacaria, il marito di Enrichetta, questo significa essere uomini!»

Mr Forcent gli strappò di mano il bastone bruscamente, in preda a un giramento di testa. «E perderesti la scommessa, amico caro...», mormorò guardandolo ferocemente negli occhi. «Questo non significa essere uomini! Significa... significa... essere stupidi! Io non ho nessuno! Nessuno è più importante di me, e non c'è proprio nessuno per cui io morirei o rischierei la mia vita!!», gracchiò, e rise di una risata cattiva, scrutando a uno a uno i ragazzi, quei ragazzi che aveva educato e cresciuto alla scuola di McPear e che adesso lo guardavano fisso, lo guardavano strano.

C'era qualcosa nei loro occhi di... insomma... non lo avevano mai guardato così. Mr Forcent si sentì gelare il cuore da pinguino che aveva in petto, sotto una coltre di ispidi peli neri.

Aveva urlato quelle parole con convinzione: «Non ho nessuno! Nessuno è più importante di me, non c'è nessuno per cui sacrificherei la mia vita..!», erano la regola che aveva ispirato tutta la sua esistenza, ne era sempre andato fiero, allora perché adesso, di fronte a quei ragazzi, gli stessi ragazzi che era abituato a dominare e istruire, si sentiva così a disagio?

«Cosa avete da guardarmi in quel modo?!», urlò esasperato, con il cuore che gli batteva all'impazzata. «Vi proibisco di guardarmi così, non osate... Non permettetevi!» Poi, stringendo forte il suo bastone, arraffò il cilindro e come se ciò che leggeva in quegli occhi producesse un bagliore insopportabile, si coprì i suoi con le mani aperte e uscì dall'aula starnazzando come un pollo e fuggendo su per le scale fino al suo lussuoso attico.

«Poveretto...», disse Primo, rammaricato. «Stavolta ho proprio esagerato...»

I ragazzi si raccolsero intorno a Primo strascicando i piedi, senza dire nulla, proprio mentre Mr Taccagn entrava in classe meravigliandosi dell'assenza del professore.

«Cosa fate tutti lì in piedi? Ai vostri posti!», strepitò il segretario. «Dov'è Mr Forcent?»

«Ehm... si è dovuto assentare un momento per faccende urgenti», rispose prontamente Vinicio.

Mr Taccagn alzò gli occhi al cielo. "Non ne va più una giusta, in questa scuola", pensò. E procedette a dare l'annuncio per cui era entrato: «Il nostro stimatissimo preside McPear si è rotto una gamba e un braccio in due punti. In più, a causa di un lieve problema di...», fu sul punto di dire "nervi", ma stimò fosse meglio non divulgare l'informazione, «di... ipertensione arteriosa, starà in ospedale per un po'. In sua assenza la direzione della scuola è affidata temporaneamente alle mie capaci mani», disse gonfiandosi d'orgoglio. E continuò blaterando che si aspettava rispetto, obbedienza assoluta e soprattutto nessun'altra stranezza perché... non sarebbe stata tollerata in alcun modo! «Siamo intesi?», concluse volgendo lo sguardo attorno.

I ragazzi annuirono.

«Così non va, ragazzi. Voglio sentirvi dire: "Sì, Mr Taccagn, signore!", forte è chiaro. Siamo intesi?»

«Sì, Mr Taccagn, signore!», risposero i ragazzi controvoglia.

Mr Taccagn sogghignò soddisfatto. Poi si voltò e vide tre gatti sul davanzale della finestra. «E questi da dove sbucano?!», esclamò irritato. «Non ci mancavano che dei gatti!», e uscì chiamando Trotter a gran voce.

19.
UN ATTICO
di lusso

In tanti anni nessuno, ma proprio nessuno, aveva osato avvicinarsi più che alla base delle lunghe scale che conducevano all'attico di Mr Forcent.

I cartelli erano molto eloquenti:

ALLA LARGA!

PUSSA VIA!

Osa pestare il tappeto e una scarica elettrica TI FULMINERÀ!

Fai un passo di più e sei MORTO!

Proprietà PRIVATA!

e così via.

La vecchia scala però era davvero qualcosa di straordinario: un tappeto rosso di velluto finissimo, che sembrava ancora nuovo e mai calpestato da anima viva, si stendeva sugli scalini e saliva morbidamente fino in cima, fermato a ogni angolo da un raffinato tondino d'ottone lucente come l'oro. Alla sua sommità si scorgeva una massiccia ed elegante porta di mogano bianca con battenti d'ottone lucidati a specchio, di fianco alla quale si notava la scritta Professor Forcent finemente cesellata su una targa d'ottone lucente, leggibile fin dal fondo della lunga gradinata. Primo, il giorno dopo la fuga dell'insegnante dalla classe, si trovò ai piedi di quella scala insieme a Vinicio e Von Hausen, con una scatola da scarpe infiocchettata in mano. I ragazzi andavano a trovare il professore per sincerarsi del suo stato di salute, e come i tre re magi portavano un dono.

«Non ci farà mai entrare», disse scettico Vinicio. «È troppo geloso, quell'appartamento è una leggenda. Guardate qua!», e indicò delle cornici appese poco lontano, con le foto di una rivista di arredamento che mostravano gli interni sfarzosi dell'attico di Mr Forcent.

«Proviamoci», disse Von Hausen. «Molte cose che ci sembravano impossibili sono cambiate in pochi giorni», concluse, e dette uno sguardo a Primo, il più piccolo e il più basso dei tre, che guardava la grande porta fiducioso, con un'espressione innocente stampata in volto.

«Non pestiamo il tappeto», disse Primo, «camminiamo ai lati, sugli scalini. Sembra che il professore ci tenga molto e che nessuno l'abbia mai calpestato».

Salirono senza far rumore, ignorando i cartelli di avvertimento, e bussarono più volte sulla robusta porta di mogano, sempre più forte. Al terzo tentativo la porta si dischiuse appena e un arruffato e stravolto professor Forcent si intravide dall'altra parte. Indossava una vestaglia da camera rattoppata e aveva la faccia di uno che non aveva chiuso occhio per tutta la notte.

«Ah», disse, «siete voi? Che volete? Non avete letto i cartelli? Sapete che non ricevo in casa...», ma lo disse con un filo di voce, stancamente.

«Volevamo sapere come sta, chiederle scusa e... le abbiamo portato un regalo...», rispose Vinicio.

«Un regalo?», mormorò stupito Forcent. «Ma questa maledetta scuola non vi ha proprio insegnato nulla, allora? Nessuno mi ha mai fatto un regalo in vita mia!», e gettò un occhio alla scatola.

«Possiamo entrare?», domandò Von Hausen. Forcent sembrò pensarci un attimo, poi disse: «Al diavolo! Entrate! A una condizione, però!», e li guardò a uno a uno negli occhi. «Dovete promettermi di non dire nulla a nessuno per nessun motivo di quanto vedrete!»

I tre annuirono e promisero solennemente.

«Ma sì, al diavolo tutto!», mormorò ancora Forcent e spalancò la porta invitandoli a entrare. «Benvenuti nel mio lussuoso attico!», annunciò con una voce stridula e ironica.

Lo spettacolo che si presentò di fronte agli occhi dei ragazzi li fece rimanere a bocca aperta, e i tre, guardandosi l'un l'altro, dovettero fare una bella fatica per far finta di nulla. Intorno a loro, l'ampia e alta soffitta polverosa era vuota e fatiscente. Quattro casse funzionavano da sedie intorno a un vecchio tavolo tarlato da osteria, un letto disfatto nel fondo del grande spazio doveva costituire la camera e un vecchio fornello a gas vicino a un lavabo, la cucina. Una grande libreria, un piccolo banco da scolaro a mo' di scrivania e un pianoforte a coda aperto, grigio di polvere e pieno di scarpe e scartoffie, completavano l'arredamento. C'erano libri di economia e filosofia politica ovunque, ma a giudicare dalla polvere, nessuno li apriva più da tempo.

«Accomodatevi ed evitate commenti, per favore! È una lunga storia... Diciamo che sto operando un *restyling*», e rise d'un riso gracchiante.

Primo e gli altri due si sedettero sulle casse intorno al tavolo, guardandosi intorno quasi di nascosto, senza farsene accorgere. Primo teneva sulle ginocchia la scatola da scarpe infiocchettata alla bell'e meglio. Si erano divisi le cose da dire. Iniziò Von Hausen: «Innanzitutto, professor Forcent, volevamo chiederle scusa per ieri, non era nostra intenzione causarle disagio o imbarazzo...».

«Insomma», lo soccorse Vinicio. «Che cosa le è preso? E come sta adesso?»

Il professor Forcent cominciò ad andare avanti e indietro di fronte a loro come se cercasse la risposta dentro la sua testa. Infine si fermò e li guardò accigliato: «Nonostante tutto, chissà come, siete dei bravi ragazzi, accidenti a voi!», e poi, per togliersi d'imbarazzo e guadagnare tempo domandò: «Gradireste un tè?».

I ragazzi annuirono, ma Primo disse: «Prima però avremmo un regalo per lei. Spero che le piaccia», e gli porse la scatola, non senza una certa trepidazione. Era la seconda volta che regalava una scatola da scarpe in vita sua e la prima non era andata bene.

Forcent deglutì. Sbatté gli occhi confuso: «Ragazzi... Veramente...», mormorò, «nessuno mi ha mai fatto un regalo
ed è contrario a ogni regola della scuola...».

Poi guardò i grandi occhi azzurri e imploranti di Primo
ed esclamò: «Al diavolo tutto quanto, amici cari!». Prese la
scatola con mani frementi e la aprì. Il suo sguardo di norma
ottuso e triste da volatile si posò sul contenuto della scatola
e i ragazzi che lo fissavano lo videro cambiare espressione.
Forcent guardò il regalo e piegò la testa. Il regalo piegò la
testa a sua volta e guardò Forcent.

Si trattava di una gattina di pochi mesi. Il professore non
fece in tempo a pensare "Che cosa me ne faccio di un gatto", né
qualsiasi altra cosa. Aveva passato una notte terribile, scossa da
incubi e brutti ricordi, e quella piccola creatura calda e pelosa
che allungava il muso verso di lui e lo guardava con interesse lo
commosse sin nel profondo. I suoi occhi rotondi divennero lucidi, umani, allungò una mano verso la testa della micia e questa
si inarcò per farsi accarezzare meglio e iniziò a fare le fusa.

«È bellissimo!», ammise imbarazzato.

«Bellissima!», lo corresse Primo. «È una femmina!»

«Bellissima, allora!», disse Forcent prendendo in braccio
la gatta, che adesso sfregava il suo musetto al suo mento.
Lui prese a grattarle la testa.

«Come si chiama?»

«Anna Kuliscioff!», rispose Von Hausen.

«Questa poi! Abbiamo una rivoluzionaria! In un momento in cui credo di aver proprio bisogno di una bella
rivoluzione», asserì, e sorrise.

Poi, meditabondo e serio, strusciando il suo naso a becco sulla testa della gattina, continuò: «Non so però se posso tenere una gatta nel mio lussuoso appartamento». E si guardò intorno divertito. «Non vorrei che si facesse le unghie sul mio prezioso mobilio o sui tendaggi di broccato!», e prese a ridere della sua battuta asciugandosi gli occhi dalle lacrime, che non si capiva se erano causate dal riso o dalla commozione.

«Per prima cosa oggi compererò una bella poltrona per questa signorina!»

Bevvero il tè in dei bicchieri di carta perché Forcent aveva solo una vecchia tazza sbeccata, la sua. Del resto non invitava mai nessuno.

Il professore spezzò un biscotto e lo fece mangiare alla gatta, che mostrò di gradirlo molto e gli leccò le dita.

«Mi sa che Anna ha fame!», disse Forcent intenerito. «Non ci crederete, ma nella mia vita, quand'ero bambino, ho già avuto un gatto. Si chiamava Ettore. Era un gatto randagio che avevo trovato in un vicolo. Lo portai a casa e chiesi ai miei se potevo tenerlo, allora mio padre prese un pezzo di carta e mi mostrò quanto ci sarebbe costato, immaginando e annotando tutte le spese: cibo, lettiera, veterinario, danni vari...

«Era alto e magro, mio padre... Mi chiese se ero proprio sicuro, guardandomi fisso negli occhi. Se ero sicuro, nonostante la mia intelligenza, di buttare tutto quel denaro per uno stupido gatto...

«Sapevo che non era una domanda e così riportai Ettore dove l'avevo trovato e gli dissi addio.

«"Vattene, stupido gatto!", gli dissi piangendo e corsi a casa. Non lo vidi mai più. A casa mio padre mi disse che era orgoglioso di me. Lui e mamma passavano la vita dietro al bancone di un negozio di ferramenta, sempre impegnati a tirare il prezzo con i fornitori e a vendere viti e bulloni a peso d'oro.

«Forse, pensandoci oggi, tutta la mia vita così com'è stata fino a ora è iniziata proprio quel giorno, con quel gatto.»

Forcent bevve un sorso di tè: «Per questo trovo curioso che voi, venendo a trovarmi dopo quello che è successo ieri, dopo le mie urla, dopo avermi guardato in quel modo, mi abbiate portato proprio Anna... Grazie!».

Si era fatto tardi per la lezione e i ragazzi dovettero salutarlo. Nessuno di loro chiese che fine avessero fatto il suo appartamento e la sua proverbiale ricchezza. Non ce ne fu bisogno. Rientrarono in classe. Fuori era iniziato a piovere e l'aria si era rinfrescata. Tutti gli altri domandarono alla piccola delegazione com'era l'appartamento e se Forcent li avesse davvero fatti entrare. Vinicio guardò Primo, ma non fecero in tempo a scambiarsi neanche un cenno d'intesa, perché Von Hausen, assumendo la sua posa romantica preferita, con l'indice al mento e gli occhi sognanti, rispose: «Ragazzi! Vi posso assicurare che io ne ho viste di residenze regali e ville principesche, ma un appartamento così, ve lo giuro, non l'avevo davvero mai visto!».

Non ci furono domande, aveva detto la verità. Il segreto di Forcent e la leggenda del suo appartamento erano salvi.

20.
Una NOTTE
insonne

Quando la settimana dopo i ragazzi rividero il professore, si accorsero subito che non era più lo stesso: non era più un pinguino. Aveva un altro modo di guardare, di salutare, di sorridere. Aveva lo sguardo di un bambino felice, perfino la sua voce si era addolcita. Non portava più la redingote e il cilindro, ma camicie e maglioni colorati, sui quali si intravedevano spesso dei peli di gatto. Sembrò loro addirittura più alto!

Adesso, Mr Forcent in cuor suo sapeva che c'era qualcuno per cui avrebbe dato la vita: uno qualsiasi dei suoi gatti. Anna in primo luogo, ma anche il trovatello della sua infanzia, così come i mici che circolavano furtivi nel parco della scuola, che Trotter, nonostante gli ordini di Mr Taccagn, si era ben guardato dal cacciare, e che nel giro di poco tempo cominciarono ad apparire tutti più lucidi, ben nutriti e contenti, una vera gioia per gli occhi.

Il magnifico tappeto rosso sulle scale del professore, invece, si macchiò di una moltitudine di impronte di zampette ascendenti e discendenti.

Anche perché Forcent, preoccupato per la pioggia e per l'inverno in avvicinamento, aveva fatto venire un operaio dal paese che aveva installato nella porta una porticina più piccola, una gattaiola, dalla quale i gatti potevano ora entrare e uscire a loro piacimento.

Ma Mr Forcent non era l'unico adulto della scuola ad aver subito l'influsso di Primo. Nemmeno la professoressa Belfagor era rimasta immune. Anche se aveva resistito ai primi assalti, le capitava spesso di sognarsi gli occhi di Primo, simili a quelli del suo triste e non corrisposto unico amore, che la guardavano. Le parole "nero crine" e "dolce cedro del libano" ritornavano ossessivamente in lei insieme al pensiero, se non proprio la speranza, che davvero qualcuno, magari un uomo e non solo un bambino, potesse vederla in quel modo.

E McPear? Dal canto suo, il preside, la montagna inespugnabile, dal suo letto d'ospedale, ingessato e imbracato con pesi e catene, guardava arcigno la vita del reparto ospedaliero in cui era capitato.

Le infermiere stucchevolmente gentili gli davano il voltastomaco. Soprattutto una che lo accoglieva sempre con un sorriso e lo imboccava con una pazienza infinita. La detestava e per di più, per quanto la maltrattasse, lei seguitava a essere carina e gentile. La cosa lo mandava su tutte le furie.

E poi c'era quel vecchio magro e cadaverico, più o meno suo coetaneo, che tossiva tutto il giorno e che alla fine gli impedirono di guardare con un paravento bianco, dietro al quale tuttavia seguitò a vedere le ombre scure del malato disteso e dei parenti che venivano a trovarlo. La moglie, le figlie, il genero e perfino un nipotino, una volta, per una concessione dell'infermiera, dal momento che i bambini non potevano entrare.

Fu allora che fece il sogno. Sì, ci fu quel sogno: la morte che arrivava, si sedeva accanto al suo letto ed era identica a lui, aveva il suo volto e il suo fisico.

«Cosa vuoi?», le domandò McPear.

«Sono venuta a prenderti, starò con te fino alla fine!»

«Ma io non sto morendo... lui, *lui* sta morendo, voi vi sbagliate!», la supplicò nel sogno indicandole il letto dietro il paravento e dandole istintivamente del voi.

«Sì, lo so. Ma mi dispiace prenderlo, ha così tante persone che lo amano. Tu, tu invece, insomma...», gli spiegò la vecchia signora, assumendo le sembianze di un McPear grigio ed etereo, quasi femmineo: «Non viene nessuno a trovarti, non hai nessuno, tu!».

«Ma no... no... Verranno, verranno! Verrà il mio segretario Mr Taccagn che mi è molto affezionato, è come un figlio per me!», mentì. «E la professoressa Violet, i miei allievi e anche gli ex allievi. Ho tante persone anch'io che mi vogliono bene...»

«Menti, tu menti! Pensi di poter mentire alla morte come hai mentito a te stesso per tutti questi anni? Hai insegnato a tutti l'egoismo, la legge del più forte, perché dovrebbero disobbedirti venendo a trovarti? Nessuno, tu non hai nessuno!»

Il vecchio iniziò a piangere, negando l'evidenza, e nel

sonno, fra i singhiozzi supplicò: «Non è vero, non è vero. Verranno a trovarmi, verranno, qualcuno verrà!».

«Facciamo così...», propose la morte, che aveva il suo volto. «Ti lascio anche domani, se qualcuno verrà a trovarti, chiunque, non importa chi e perché, io prenderò lui...», disse indicando l'uomo dietro al paravento. «Altrimenti prenderò te!»

E quello strano se stesso, in un ghigno che ben si conosceva, gli porse la mano per suggellare il patto. Al pensiero di essere toccato da quella mano cadaverica doveva aver urlato, perché l'infermiera accorse al suo capezzale e si svegliò.

La mattina dopo McPear pretese il telefono, e una telefonata dietro l'altra, ordinò a tutti i suoi sottoposti che andassero a trovarlo, strepitò, urlò, minacciò...

Mr Taccagn fu il primo a rifiutare: forse sarebbe passato il giorno dopo, perché in quello aveva troppo da fare. Il segretario per di più si convinse che la proposta di McPear fosse una specie di prova, a cui il preside lo sottoponeva per testare la sua debolezza. Se avesse ceduto alla sua richiesta, di sicuro McPear avrebbe riso di lui e l'avrebbe sgridato e schernito.

I ragazzi poi! Andare a trovarlo? Mr Taccagn rise, stava scherzando? Sarebbe stata una richiesta troppo diseducativa. Quanto agli altri, Trotter non era certo in grado di trovare l'ospedale da solo, mentre Mr Forcent si rifiutò di andare perfino al telefono. La professoressa Belfagor, sprezzante, addusse la scusa del dentista.

A un certo punto, fra una telefonata e l'altra, la moglie

del suo vicino spostò il paravento e gli fece un bel sorriso: «Sta meglio!», gli sussurrò. «Pensavamo fosse alla fine e invece... migliora!»

E così, sempre più spaventato e tremante, una telefonata dietro l'altra, McPear seguitò a chiedere, supplicare, esigere, precipitando nella disperazione a ogni "No" e arrivando al punto di promettere pagamenti e fortune a chi fosse andato a trovarlo. Chiamò tutti coloro che gli vennero in mente, senza ottenere alcun risultato. Uno spettacolo penoso, tutti pensavano che scherzasse. L'avevano deriso, schernito, preso in giro. Figuriamoci, lui pagare certe cifre per una visita.

Alle cinque del pomeriggio, infine, McPear realizzò che nessuno, proprio nessuno sarebbe mai andato a trovarlo. Né quel giorno, né i giorni seguenti, né mai, e capì di essere spacciato.

Quando l'infermiera entrò nella stanza per annunciargli una visita poco dopo le sei, lo trovò in lacrime, sconvolto, avvolto fra le lenzuola madide di sudore, spelacchiato come un pulcino d'allocco nel nido.

McPear non credeva alle sue orecchie.

«Ci deve essere un errore. Una visita? Una visita per me?», domandò speranzoso.

«Se non se la sente posso dire al signore di ripassare un'altra volta», lo tranquillizzò l'infermiera.

«No, no, faccia passare, per l'amor di Dio! Chiunque sia! Faccia passare!»

L'infermiera se ne andò e poco dopo rientrò con un signore alto, elegante, dall'aria giovanile nonostante l'età.

McPear non tardò a riconoscerlo. L'uomo si soffermò sulla porta, non sapendo, in cuor suo, che reazione attendersi.

«Dot, sei tu?», domandò McPear con gli occhi lucidi dalla gioia. «Ma certo, certo che sei tu, Dot, che Dio ti benedica, Dot! Vieni avanti, vieni qui, caro Dot, abbracciami!»

Il vecchio, vestito di bianco, con un largo cappello a tesa, un sorriso di denti finti e i capelli fluenti, somigliava in tutto e per tutto a McPear, ma sembrava la sua bella copia e anche più giovane.

Si chinò verso il fratello ad abbracciarlo.

«Sono tanto felice di vederti, Dot, tanto felice, non puoi immaginare quanto, vecchio caro Dot!», mormorò McPear in preda a lacrime inarrestabili. «Come l'hai saputo?»

«Mi ha chiamato Rita, stanotte, la figlia della nostra vecchia governante, ti ricordi di Carolina? Abita in paese, l'hanno saputo tutti della tua caduta e mi ha avvertito. Non sapevo se venire, mi hai sempre odiato, Alfred, siamo gemelli eppure... così diversi!»

«Odiato? Diversi? Ma cosa dici...? No, no, non dirlo nemmeno per scherzo, Dot, sei il fratello più caro che si possa desiderare!»

L'uomo si sedette al fianco del letto, stupito dall'accoglienza inattesa: McPear rideva di continuo e sembrava davvero così felice di vederlo, che per un attimo il fratello si chiese se non fosse sotto l'effetto di qualche medicina e lo domandò all'infermiera prima di andarsene.

«Assolutamente no!», rispose lei. «Mi scusi se glielo dico, ma suo fratello è insopportabile di suo!»

McPear seppe di avere una cognata e due nipoti ormai grandi, e si rese conto di non vedere l'ora di conoscerli. Quella notte dormì senza incubi e sognò di farsi fare un abito chiaro e comprarsi un cappello come quello di Dot.

La mattina dopo, il letto accanto al suo era vuoto. La morte era tornata a prendere il suo vicino, ma lui non si era accorto di niente. Pensò prima con sollievo a se stesso, ma poi gli tornarono in mente i parenti e gli amici dell'uomo, quella famiglia così unita e affettuosa, e si vergognò di se stesso. Ripensò al motto della sua scuola – *Mors tua, vita mea* – e per la prima volta provò un grande disgusto per quella frase.

21.
WAR buffet

Mr Taccagn indossava il suo abito migliore e camminava avanti e indietro nell'ufficio più impettito del solito, fiero della sua nuova condizione di preside che, in maniera del tutto imprevista e insperata, era piombata su di lui rendendolo ancora più vanitoso e sprezzante. Aveva sempre fatto il leccapiedi di McPear con devozione e adesso bramava di trovare al più presto qualcuno che riconoscendogli l'autorità acquisita, li leccasse a lui.

Si sedette alla scrivania del preside, e provò alcune pose autorevoli. Poi andò alla finestra e guardò fuori: l'autunno aveva mutato il colore degli alberi e del bosco oltre il cancello della scuola. Solo le siepi sempreverdi del giardino resistevano all'arrivo del freddo e ai mutamenti. Tutto all'interno di quei cancelli sarebbe rimasto uguale, impermeabile ai cambiamenti, come lui.

Era convinto in cuor suo di conoscere bene l'animo umano e soprattutto gli studenti, aveva un conto in sospeso con loro e si era dedicato sin dalla mattina a predisporre un piano che rovinasse la strana atmosfera che si era creata fra i ragazzi, restituendoli alla loro condizione di cani mordaci sempre pronti a sbranarsi l'un l'altro.

Se il preside McPear che lui temeva e adorava allo stesso tempo, fosse tornato e avesse trovato tutto a posto, lo avrebbe senz'altro lodato e forse, addirittura, promosso al rango di vicepreside, carica a cui lui aspirava segretamente da anni.

Per questo aveva organizzato un *war-buffet* in piena regola, come solo di rado, per rinsaldare l'egoismo fra gli allievi, era stato necessario allestire nella scuola.

Prima di procedere al racconto dei fatti, occorre però necessariamente spiegare in cosa consista un *war-buffet* ben organizzato e quali siano le regole a cui attenersi per una sua perfetta riuscita.

Per prima cosa, una buona dose di appetito, meglio ancora se fame a lungo sofferta. Per questo motivo quella mattina la colazione non era stata distribuita.

Pietanze quasi prelibate, ma in quantità insufficiente al numero dei commensali, fatte portare da un catering esterno, economico ma decente, visto che Beppa Janez, la cuoca della scuola che non abbiamo ancora conosciuto, era specialista solo in gulasch di carni di provenienza incerta e zuppe di cavolo e patate dal sapore terroso.

A tutto ciò, per un *war-buffet* ben riuscito, andava unito un tempo insufficiente per mangiare decentemente, rigidamente cronometrato.

Era questa una ricetta infallibile per rinfocolare egoismi, rancori, vendette.

Pensate voi avere fame, essere riusciti a portare un gamberetto a pochi centimetri della propria bocca e sentirselo sfilare di mano, beccarsi una gomitata in un dente, o ritrovarsi con un compagno più grande di noi che ci siede sulla schiena per prenderci di mano il cibo duramente conquistato. Non sono cose che si perdonano, sono questioni che dividono. Vi è mai capitato che qualcuno vi porgesse un boccone delizioso in punta di forchetta e al momento di aprir bocca, per scherzo, ve lo sottraesse? Se vi è capitato sapete di cosa stiamo parlando.

Mr Taccagn, con la bocca fine atteggiata in un perfido sorriso, suonò la campana della mensa facendo accorrere i ragazzi, che però trovarono la porta del refettorio chiusa e Beppa Janez a braccia conserte seduta lì accanto, offesa e indignata per l'iniziativa del "preside" che l'aveva scavalcata ordinando il catering.

Beppa Janez era la cuoca dell'Università di Tuttomio da tempo immemorabile. Era una donna dall'età indefinita, con i capelli raccolti in una crocchia untuosa e un volto da pugile in pensione. Anche il fisico, fatta eccezione per il seno enorme e i fianchi larghi, non era da meno. Amava il sigaro toscano, si radeva due volte al giorno, e i suoi sputi, capaci di raggiungere i sei metri e affogare gli scarafaggi di passaggio in cucina, erano proverbiali.

«Benvenuti, ragazzi!», disse Mr Taccagn, con le mani puntate sui fianchi in una posa autoritaria e un'espressione severa ma raggiante. «Oggi, per motivi logistici e organizzativi, dovrete mangiare in soli dieci minuti, con un catering venuto da fuori e di alta classe. Non importa cosa scegliete di mangiare, non importa quanto. Ognuno faccia del suo meglio per sfamarsi e arraffare l'arraffabile. Ci sono domande? No? Meglio così! Scannatevi allora, e ricordatevi che fra dieci minuti il refettorio chiude!»

Mr Taccagn aprì la porta e fece appena in tempo a scostarsi per non essere travolto dall'orda dei ragazzini. Primo rimase basito a vedere quello spettacolo deplorevole, che presto degenerò in una zuffa, con vassoi a terra e gente che vi si gettava sopra cercando di mangiare a piene mani. Un branco di cinghiali non avrebbe saputo fare di meglio.

Von Hausen, Vinicio e Peter esitarono un attimo e guardarono Primo con una sorta di scrupolo. Solo una settimana prima sarebbero stati protagonisti della zuffa, ma adesso, nonostante la fame, la sua presenza impediva loro di gettarvisi a capofitto.

Primo, dal canto suo, aveva la faccia aggrottata per la concentrazione. All'improvviso, si illuminò e un rapido sorriso gli comparve sulle labbra. «Venite! Facciamo finta di partecipare alla zuffa e seguitemi!», propose.

In men che non si dica, i quattro si ritrovarono nel pieno della zuffa. Non appena Mr Taccagn distolse lo sguardo, però, Primo alzò la tovaglia, entrò sotto il tavolo, sbucò dall'altra parte del buffet e senza badare al cibo infilò la finestra aperta e si calò sul prato sottostante. I tre compari lo imitarono, resistendo alla tentazione di arraffare almeno qualcosa al volo.

«Presto, abbiamo poco tempo prima che Taccagn se ne accorga!», li incitò Primo.

Dalla porta-finestra che dava sul giardino i ragazzi entrarono nella cucina sporchissima, superarono in punta di piedi Beppa Janez, che russava fragorosamente su una sedia, e incoraggiati da Primo presero il pentolone della zuppa che la cuoca aveva inutilmente preparato, insieme a un grande contenitore vuoto. Poi, sfilando dietro l'edificio, salirono le scale e guadagnarono l'ufficio del preside.

Come Primo si era immaginato, Mr Taccagn aveva riservato a se stesso una parte considerevole del buffet. Sulla scrivania di McPear erano apparecchiati vassoi con insalata di mare, polpettone, olive all'ascolana, roastbeef...

«Tu aiutami con questa roba, Peter!», disse Primo. «Voi due invece... preparate a Mr Taccagn il pranzo che si merita!», concluse, lasciando il pentolone nelle mani di Von Hausen e Vinicio. I ragazzi annuirono, scambiandosi uno sguardo divertito.

All'interno del grande contenitore preso in cucina, Primo e Peter infilarono tutto quel bendidio, mentre gli altri due apparecchiarono con una scodella, la riempirono di zuppa "Beppa Janez" e lasciarono il resto, con tanto di ramaiolo al suo fianco, sulla scrivania.

Con l'occasione sequestrarono da uno scaffale anche una bottiglia di ottimo vino per Trotter.

Uscendo furtivi e veloci salirono al piano di sopra, nascosero tutto in camera di Primo mettendo Adamo a guardia e rifecero la strada all'incontrario, rientrando nella mensa appena in tempo per inscenare una lotta fra di loro con tanto di urla e insulti che mandò in sollucchero il segretario e fornì loro un ottimo alibi.

"Ecco dov'erano spariti! Si stavano picchiando sotto il tavolo!", pensò Mr Taccagn, soddisfatto di vedere che anche quella piccola peste, quel Primo, cominciava a entrare nello spirito della scuola. "I metodi McPear sono infallibili!", pensò compiaciuto. Poi, con gli occhi sull'orologio, suonò un piccolo gong.

I ragazzi di malavoglia si allontanarono più o meno sazi, ma una volta tanto senza sentirsi in colpa per come si erano lasciati travolgere dal *war-buffet*, perché avevano assistito sbalorditi alla zuffa fra Primo, Peter, Vinicio e Von Hausen.

Un velo di delusione però li agitava in profondità. Non si sarebbero mai aspettati un comportamento così deplorevole da parte di Primo. Evidentemente la fame aveva vinto anche lui. Peccato, era stato bello pensare che ci potesse essere qualcuno, un ragazzino come loro, da seguire come un esempio e da ammirare.

Poco dopo si ritrovarono tutti nella classe di scienze di fronte alla professoressa Belfagor, che stavolta spiegava due animali intelligentissimi: lo sciacallo e l'avvoltoio, enumerando le loro doti e le loro astuzie.

«Spero che abbiate studiato il cuculo e possiate comprendere le similitudini e le differenze», disse guardando con disgusto lo stato pietoso dei ragazzini, con i grembiuli sporchi di maionese e macchie d'olio, e pezzi di gamberetto e olive nei capelli.

A Primo e ad alcuni dei ragazzi non sfuggì che quel giorno la professoressa Belfagor aveva qualcosa di diverso, qualcosa che non si coglieva subito ma solo dopo attenta osservazione: una camicetta verde scuro anziché nera, un velo di lucidalabbra e un'ombra di fard sulle guance. Il verde era così scuro e il trucco così leggero da notarsi appena, ma c'era. Anche il modo che aveva di guardare di continuo verso il parco mentre spiegava era insolito.

Mentre Primo osservava curioso queste novità nella sua insegnante, si sentì un urlo terribile, così raccapricciante che la stessa Belfagor sobbalzò e corse fuori dall'aula per scoprire che cosa fosse accaduto.

I ragazzi la seguirono. L'urlo proveniva dalla presidenza. La professoressa si precipitò dentro e i ragazzi dietro di lei.

Anche Beppa Janez sopraggiunse di corsa richiamata dall'urlo, mentre arrivavano anche Trotter e Mr Forcent.

Mr Taccagn non era riuscito a trattenere l'urlo di rabbia, ma mai si sarebbe aspettato tanta sollecitudine dal resto del corpo docenti e degli studenti. Si voltò e cercò di coprire con il corpo la tavola elegantemente imbandita e la scodella dal bordo dorato colma di sbobba, con il pentolone della mensa a fianco.

Beppa Janez si fece avanti e scostò Mr Taccagn, poi lo guardò minacciosa: «Ecco chi si è rubato la mia zuppa. E cos'era quell'urlo? Vi ci siete bruciato il gargarozzo?».

Mr Taccagn mormorò: «Non sono stato io a portarla qui!». Ma Beppa Janez non lo lasciò spiegare oltre e l'abbracciò in una stretta micidiale togliendogli il fiato, poi sputò il sigaro e lo baciò sulla bocca.

Mr Taccagn, paonazzo, quasi svenne per il disgusto,

mentre la cuoca lo mollava e gli rifilava una pacca sulla spalla che per poco non gli slogò la scapola, proiettandolo fra le braccia di Trotter.

«Lei sì, Mr Taccagn, che ha gusto!», esclamò. «Ha preferito la mia zuppa sana e nutriente a quella sbobba sintetica del catering!»

«Scommetto...», aggiunse Beppa sputando per terra e pulendosi la bocca con la mano, «che ne è così goloso da aver organizzato apposta il catering, per potersela mangiare in abbondanza in santa pace, con un'apparecchiatura da signore quale si confà alla mia cucina!». Beppa era raggiante d'orgoglio. «Nemmeno ha resistito a farla freddare!», continuò. «Ma doveva dirmelo, da oggi le preparerò ogni giorno uno dei miei pranzetti delicati!»

I ragazzi ridevano a crepapelle. Mr Taccagn, che si stava ancora pulendo la bocca con il fazzoletto di seta e sputacchiava in preda a un disgusto inenarrabile, non poteva certo spiegare a tutti cosa era successo: gli altri avrebbero scoperto il suo luculliano pranzetto a spese della scuola e Beppa Janez si sarebbe *pericolosamente* offesa...

Si guardava attorno stralunato senza sapere che dire. Davvero non sapeva capacitarsi... chi, se non i ragazzi, aveva potuto giocargli quel brutto tiro? Avrebbe sospettato immediatamente del moccioso, di quel Primo, se non lo avesse visto lottare con gli altri.

A dire il vero, ora che la rabbia e lo schifo sbollivano e la testa riprendeva a funzionare, era piuttosto strano che il marmocchio si fosse lasciato coinvolgere in quella zuffa e, ancor più, lo era che si fosse azzuffato proprio con coloro con i quali sembrava essere sempre tutto pappa e ciccia. E poi li aveva persi di vista un bel po' per via del tavolo con la lunga tovaglia. Sentiva puzza di bruciato.

Finalmente si ricompose. «Be'! Allora?», domandò, cercando di recuperare la sua autorità. «Che c'è da guardare? Non ci si può nemmeno bruciare la lingua? In classe, al lavoro. Dovreste essermi grati che per non buttare la zuppa me la sono presa io riservando a voi il catering!»

In tutta quella confusione, c'era una sola persona che non fissava la sua attenzione su Mr Taccagn. Da un bel po', i due occhi lievemente strabici di Trotter non guardavano più lui, ma la professoressa Belfagor, cioè Violet, con un'espressione così ebete e incantata che non poteva certo sfuggire a Primo.

Lei, dal canto suo, non se ne era nemmeno accorta. Stava pensando che se Taccagn aveva baciato Beppa, o meglio se non aveva fatto in tempo a evitarlo, forse c'era speranza anche per lei.

Un quarto d'ora dopo, quando tutti i ragazzi furono rientrati in classe e tutto sembrava tornato alla normalità, Mr Taccagn era pronto ad agire. Se, come probabile, erano stati i ragazzi a tendergli quella trappola e a sottrargli il banchetto, non potevano certo essersi mangiati già tutto, non ne avevano avuto il tempo. Doveva mettersi subito sulle tracce della refurtiva e, una volta trovata, avrebbe avuto la splendida occasione di punire severamente i ladri.

Uscì dallo studio del preside e salì le scale, deciso a ispezionare le stanze dei ragazzi, quella di Primo, ovviamente, per prima. Aveva fatto i conti senza l'oste, però, e quell'oste si chiamava Adamo che, fermo in cima alle scale di guardia, lo vide arrivare.

Mr Taccagn non gli diede nessuna importanza, pensava di poterlo ignorare come aveva sempre fatto, invece Adamo lo fissò e gli ringhiò contro, impedendogli di passare.

«Che ti prende, vecchio tappeto pulcioso? Non mi riconosci?» Fece per oltrepassarlo di nuovo, ma questi gli ringhiò ancora minaccioso mostrando i denti.

Mr Taccagn rimase sbalordito. «Anche tu? Sei passato dalla loro parte? Ha conquistato anche te, quel moccioso! Scansati, traditore, o te la farò pagare!»

Adamo abbaiò mostrando i denti e ringhiando fece uno scatto mordendo l'aria, come dire: "Non ti azzardare a fare un passo di più!".

Taccagn andò su tutte le furie: «Maledetto traditore, hai ritrovato la lingua! Aspetta che torni il tuo padrone e gli racconti tutto! Ti farò abbattere, tanto è vero che mi chiamo Taccagn. Da adesso in poi per me starai digiuno: visto che non lavori più per me fatti sfamare da chi ti comanda!».

E ridiscese le scale furibondo.

«Perfino i cani, perfino i cani!», si ripeteva. «Gli esseri più fedeli del mondo ai loro padroni, si ribellano. Quel bambino ha qualcosa di diabolico, qualche potere inspiegabile! Devo liberarmene prima che lui distrugga me, a questo punto è una questione di sopravvivenza! Ha mezzo ammazzato McPear, e sta rendendo dei rammolliti i docenti uno dietro l'altro. Fra i ragazzi non c'è più competizione, più nulla di nulla, sembrano degli amiconi! Oh, poveri noi! Che ne sarà della scuola e del suo buon nome se non riesco a eliminarlo? Qui ci vuole un'idea! A mali estremi, estremi rimedi!»

22.

Nuovi COLORI

Man mano che ci si avvicinava al Natale e iniziava a far freddo, Mr Taccagn risparmiava sul riscaldamento, come gli aveva insegnato McPear, e i ragazzi dovevano vestirsi pesante e la notte aggiungere logore coperte al loro giaciglio per non tremare. Quella sera, al termine delle lezioni i ragazzi si trovarono tutti in camera di Primo per consumare il pasto super abbondante che Mr Taccagn aveva pensato di riservare a se stesso. Adamo l'aveva difeso efficacemente.

Dal momento che festeggiare il Natale era proibito e non vi erano vacanze in occasione delle festività, quella cena diveniva l'unica occasione di festa possibile.

Con loro c'era anche Trotter, che bevve volentieri un bicchiere di vino, essendo l'unico adulto del gruppo. Forse ne bevve addirittura due, fatto sta che prese a sorridere più del solito e quando Primo si voltò candidamente verso di lui e gli chiese: «Da quanto tempo, Trotter, sei innamorato della signorina Violet?», diventò così rosso che le orecchie per poco non gli presero fuoco.

«Come vedete, ragazzi, non mi sbagliavo: dobbiamo impegnarci per aiutare il nostro amico Trotter!», disse Primo.

I ragazzi lo guardarono meravigliati, qualcuno applaudì. Peter fischiò!

Trotter abbassò gli occhi imbarazzato e mugugnò qualcosa, una specie di grugnito che doveva essere di gratitudine, o almeno così fu inteso.

Von Hausen si alzò e lo squadrò da capo a piedi: «Accipicchia se ci sarà da lavorare... dovrebbe innanzitutto cambiare look e poi imparare le buone maniere e... soprattutto, se fosse possibile, recuperare l'uso della parola!».

«Puoi occuparti tu, Von Hausen, di fare un po' di lezione a Trotter dopo scuola, trasformarlo e insegnargli le buone maniere?», domandò Vinicio al suo ex rivale.

Von Hausen guardò l'orco con il camice da bidello, scettico ma anche lusingato dalle parole dell'ex nemico che lo giudicava capace di tanta impresa. «Se ci riuscissi», rispose, «allora davvero non ci sarebbe più nulla di impossibile per me!».

Tutti risero e Trotter rise con loro, un po' brillo.

«Vi-va Pri-moooo!», articolò alzando il bicchiere, e tutti brindarono e risero mangiando quella cena resa ancora più gustosa dalla sua provenienza.

Anche Adamo, meritatamente, ebbe la sua parte.

Nella varia e vivace conversazione che accompagnava la cena, a un certo punto un ragazzino disse: «Ho sentito dire che la fabbrica di vernici ha chiuso, giù in paese, e che ha lasciato un sacco di colori. La gente va a prenderli con pochi spiccioli, liquidano tutto!».

Gli occhi di Primo si illuminarono. «Quanti soldi abbiamo?»

Fecero il conto dei risparmi, e ne vennero fuori meno di venti sterline. Non molto di certo, ma con la modesta partecipazione del professor Forcent il pomeriggio seguente, riuscirono a far arrivare un camioncino pieno di barattoli di vernice e pennelli. Mentre Mr Taccagn era impegnato nel suo consueto pisolino pomeridiano, i ragazzi si misero alacremente al lavoro. Dividendosi in squadre, iniziarono a cambiare volto alla scuola, dipingendo le aule di colori pastello, vivaci e allegri.

Quando Taccagn si svegliò, i lavori erano in pieno svolgimento. Il segretario continuava a ripetersi che sentiva odore di vernice, ma nessuno sembrava sentirlo oltre a lui.

Forcent lo rassicurò dicendogli che un barattolo di vernice era caduto sulle scale all'imbianchino che rinfrescava il suo appartamento, che era stato tutto ripulito, ma l'odore si sentiva ancora.

Occupato com'era nelle solite faccende amministrative e nel far quadrare i conti, Mr Taccagn non vi fece più caso, né si interrogò oltre.

Il pomeriggio seguente, quando Taccagn andò in città per sbrigare delle commissioni, i ragazzi affrontarono la facciata e la colorarono di verde acqua, blu e arancio, coprendo impietosamente lo stemma della civetta e tutto il resto. Anche i motti dipinti lungo le pareti della scuola furono coperti dalla pittura, e adesso, al posto di: *Chi trova un tesoro che se ne fa di un amico*, campeggiava la scritta originale:

Chi trova un amico, trova un tesoro. Uno per tutti e tutti per uno! sostituì *Mors tua vita mea* e così via.

Armati di forbici e attrezzi da giardino, i membri della cooperativa affrontarono le siepi, e Peter si rivelò un vero talento nel dar loro la forma di elefanti, gatti e altri animali.

Quando verso le cinque Mr Taccagn tornò dalla città, pensò di aver sbagliato strada e scuola. Ma che cos'era successo? Il suo austero, lugubre, grigio, muffito collegio era stato trasformato in una sorta di patetico e sfavillante parco dei divertimenti!

Trafelato corse su per le scale, entrò in ogni aula inorridendo: la polverosa aula di scienze, ad esempio, era stata dipinta con fiori ed enormi agrumi che correvano lungo la parete, al condor era stato messo un cappello e legato al collo un nastro color arancio. Dietro la cattedra, la parete era dipinta color lillà e c'era una grande scritta eseguita in una bella calligrafia elegante, probabilmente da Von Hausen, che recitava: *Maestra Violet, la migliore insegnante di scienze che ci sia!*

"Maledetti!", pensò Mr Taccagn. Neanche a dirlo... a dettarla doveva essere stato quel Primo, per intortare l'insegnante di scienze.

Le altre stanze non erano da meno. Blu e piena di gatti dipinti l'aula di economia, d'un arancio sfavillante la mensa... per poco Taccagn non vomitò. Correva come un pazzo da stanza a stanza disgustato da quello che percepiva come un colossale atto vandalico ai suoi danni. Insubordinazione! Tradimento! Che cosa avrebbe detto McPear tornando?

Bisognava porre subito rimedio, far ridipingere tutto come prima... già, ma con quali soldi?

«Rovinato, ecco cosa sono, rovinato!», si ripeteva sentendosi mancare. In quell'istante Mr Taccagn fu certo che il preside McPear gli avrebbe dato dell'incapace e l'avrebbe cacciato su due piedi. Proprio oggi poi, che arrivava la nuova insegnante di lettere, in sostituzione della vecchia piccola rugosa professoressa Byron, che se n'era andata in pensione e che era famosa per la sua artrite e per il vizio perfido di contare la metrica delle sue terribili poesie battendola con la bacchetta sulla testa del malcapitato di turno.

"Tut-to-mi-o è il mot-to che i-spi-ra il mio cuo-re, vin-ce-rò e sa-rò ric-co gra-zie all'o-dio e al ran-co-re!"

Proprio in quell'attimo vennero ad avvisarlo dell'arrivo della nuova insegnante, garantita e raccomandata dalla "fabbrica" perché nipote della Byron stessa, che l'aveva allevata dopo la morte della sorella.

Mr Taccagn scese esasperato e si trovò di fronte una ragazzona con gli occhiali quadrati e con due valigie nelle mani, anzi una valigia e una gattiera da viaggio, che lui non notò.

La ragazza, alta e bionda e con un orribile basco sui capelli a caschetto, non gli dispiacque affatto. Forse, si scoprì a pensare, se si fosse tolta quei brutti occhiali e l'apparecchio ai denti, e se si fosse tirata su i capelli, sarebbe stata passabile, anzi, di più... perfino carina.

«Benvenuta all'Università Tuttomio McPear», esordì. «Sua zia le avrà già parlato di noi, suppongo!», le disse chinandosi in un perfetto baciamano.

«Sì...», mormorò la nuova venuta, con una voce che si udì appena. «Ma... evidentemente molte cose sono cambiate dall'anno scorso... non mi aveva detto nulla di questo fantastico giardino e di tutto questo colore. Veramente molto bello e accogliente!», affermò la ragazza, e deglutì arrossendo.

«Sì...», mentì Taccagn, impettendosi. «Un'idea mia, un ammodernamento! Da quando ho preso la direzione della scuola ho introdotto dei cambiamenti. Spero si troverà bene e che sia tutto di suo gradimento. Ha avuto il libro di testo McPear, ha visto il programma?», domandò premurosamente.

«Sì...», mormorò lei.

«Come lo giudica?»

«Molto sintetico e molto... particolare...», disse, e aggiunse: «Del resto la zia è sempre stata un tipo particolare».

«Una grande donna, una grande insegnante!», esclamò Mr Taccagn. «Speriamo... anzi, siamo certi...», seguitò parlando al plurale per darsi importanza, «che lei saprà sostituirla degnamente. Sa, di letteratura qui abbiamo poco bisogno... Lettere commerciali, questo sì. Volendo qualche mito scelto, Ulisse che frega Polifemo, abbandona Penelope e si fa la bella vita, roba edificante, insomma! È di questo che abbiamo bisogno, edificare i nostri ragazzi!».

La signorina annuì perplessa. Taccagn le fece strada fino al suo alloggio, posarono la valigia e la gattiera e proseguirono il tour.

Lui le mostrò le aule dipinte di fresco vantandosi delle decorazioni che poco prima lo avevano fatto imbufalire. «Le scritte...», disse, «saranno corrette al più presto, un errore dei pittori ignoranti!», e le enunciò nella loro forma originale. La ragazza lo guardò sbigottita senza darlo a vedere: aveva sempre creduto che la zia fosse mezza matta, e, invece, i suoi racconti corrispondevano a verità. Ma cosa insegnavano a quei poveri ragazzi?

«Queste canaglie vanno prese per la collottola come i gatti e sbattuti con forza contro la realtà! Va fatto loro capire che la vita è una guerra, proprio così, cara mia, una guerra!», continuò Mr Taccagn, ed esibendosi nell'ennesimo baciamano, la riaccompagnò fino alla porta della stanza grigia e polverosa a lei assegnata e ve la lasciò, scendendo le scale fischiettando e aggiustandosi il papillon a pois.

Era certo di averle fatto una grande impressione con il suo piglio autorevole. La ragazza era giovane, dimostrava meno di quarant'anni! Era da tanto tempo che non c'era un'insegnante così giovane... Sì, la ragazza gli piaceva. Non che avesse intenzione di invitarla a cena, farle regali o perdersi dietro a stupide romanticherie, ma magari avrebbe potuto farsi stirare gratis le camicie e non gli sarebbe dispiaciuto farsi adulare da lei.

23.
Lezione
di POESIA

Come da tradizione ci fu un bianco Natale, dal momento che da alcuni giorni aveva preso a nevicare. Una mattina, Von Hausen e Trotter, non ancora l'alba, si avvicinarono al cancello della scuola e uscirono furtivamente per prendere il primo autobus per Londra.

Von Hausen aveva messo tre maglioni e un abito elegante ma liso, corto di gambe e di maniche, Trotter indossava dei pantaloncini scozzesi corti tenuti su da due bretelle verdi. Le gambe erano così pelose da sembrare quelle di una scimmia, e i peli ricadevano a ciocche sui calzini bianchi, coprendone il bordo. Sulle spalle portava una mantellina impermeabile color verde militare. Gli sarebbero bastate due treccine e il rosso della mantellina al posto del verde e, con il suo sorriso acuminato, sarebbe sembrato la parodia dell'orco travestito da cappuccetto rosso.

Primo e Vinicio spiarono la loro fuga dalla finestra e rimasero a guardare un istante le loro orme sulla neve quando scomparvero oltre il cancello. Cosa andassero a fare a Londra era un mistero anche per loro. Von Hausen, che oramai da settimane dopo cena si recava da Trotter per educarlo, non aveva voluto rivelarglielo, forse per timore di esporsi al ridicolo nel caso, molto probabile, che il suo piano fosse fallito.

Dopo una frugale colazione a base di biscotti e acqua appena tinta da bustine di tè raccolte in un unico mazzo che Beppa Janez riutilizzava da tre anni, i ragazzi si recarono nell'aula di lettere, che Peter e altri ragazzini avevano dipinto con onde altissime e navi fenicie in viaggio.

Qui li attendevano Mr Taccagn con il suo abito migliore e la nuova insegnante di lettere, che ai ragazzi piacque subito per il suo sorriso ferrato, ma sincero.

«Non sorrida!», le sussurrò Mr Taccagn nell'orecchio. «Per l'amor di Dio, non dia confidenza a questa teppaglia o la mangeranno viva!»

Poi si schiarì la voce.

«Ragazzi, come sapete, la professoressa Byron si è ritirata dall'insegnamento per godersi la sua meritata pensione. Del resto, se lo Stato è così idiota da dargliela, perché non prenderla? Abbiamo qui a sostituirla sua nipote, la vostra nuova insegnante!»

I ragazzi le sorrisero. Mr Taccagn si lanciò in un lungo discorso sul rapporto fra letteratura ed economia, rammentò loro che dovevano imparare a scrivere lettere commerciali, *non* poesie, proposte d'affari, *non* romanzi! Romanzi e poesie erano per donnette e perditempo, e non avevano mai fatto arricchire nessuno.

«Suggerisco», disse solennemente, «di iniziare il programma da *Lettere delle Compagnie delle Indie di John Fur-fantis*. Lettere in cui il famoso uomo d'affari e avventuriero convinceva la madre patria a fornirgli i mezzi per i suoi commerci e le sue speculazioni a danno degli indigeni locali, inventandosi con straordinaria fantasia e abilità ogni sorta di menzogne e fregando pure la Compagnia sui conti e i ricavi».

Nel dirlo Mr Taccagn si girò verso la professoressa. Fu un errore distogliere gli occhi dalla classe, perché subito un proiettile di carta lo raggiunse all'orecchio destro. Il segretario imprecò fra i denti, si voltò con gli occhi pieni di collera e domandò: «Chi è stato? Chi ha osato?».

La classe rimase immobile, impassibile. Molti dei ragazzi si sforzavano di non ridere. Mr Taccagn avanzò a grandi passi verso il banco di Primo, e indicandolo, con un'espressione piena di risentimento, disse rivolgendosi all'insegnante: «Vede questa canaglia, signorina?», e l'afferrò per un orecchio. «Potrei scommettere che è stato proprio lui a colpirmi. Non si faccia ingannare da questo faccino angelico, costui è una bestia, un manipolatore, un pessimo elemento, capace di far uscire di testa anche il migliore degli insegnanti. Ma presto, molto presto, mi occuperò di lui personalmente. Ci sarà poco da ridere allora!», seguitò minaccioso. «Ci sarà veramente poco da ridere. E adesso, la lascio alla sua lezione, e mi raccomando a lei perché tratti queste canaglie senza pietà!»

Ciò detto mollò l'orecchio di Primo, che ricadde a sedere, e si avviò a grandi passi verso l'uscita.

Guendalina Byron corse subito ad accertarsi che Primo

stesse bene, poi lo accompagnò in bagno e con l'acqua fredda gli bagnò l'orecchio.

«Povero caro!», disse. «Il vostro vicepreside è veramente un bruto, mi ricorda mia zia, anche lei mi prendeva sempre per le orecchie quando ero piccola, e qualche volta ci prova anche adesso!»

«Non è niente», la rassicurò Primo. «L'ha già fatto un'altra volta quando sono arrivato qui il primo giorno: ce l'ha con me e non so davvero perché. È un tipo molto triste e molto solo...»

Guendalina rimase molto colpita dalle parole del bambino, che a dire il vero, nel corso dell'anno era molto dimagrito e si era alzato, perdendo un po' dell'aria paffuta e infantile che aveva avuto al suo arrivo a scuola.

Quando rientrarono dal bagno Guendalina si rivolse alla classe: «È tempo di iniziare la nostra prima lezione. Ho sempre sognato di fare l'insegnante e ci tengo a dirvi quanto sia importante per me questo momento». Così dicendo aprì la borsa, ne trasse un piccolo libro e iniziò a leggere:

Chi non trova il paradiso quaggiù
non lo troverà neanche in cielo.
Gli angeli stanno nella casa
accanto alla nostra
ovunque noi siamo.

Peter fischiò in segno d'apprezzamento.

«Che cos'è?», domandò un altro dai primi banchi.

«Emily Dickinson!», rispose Guendalina. «Una poetessa americana!»

«Forte!», disse Peter.

«Un'altra!», la incitò Vinicio. «Sì, ce ne legga un'altra!»

A questo punto l'insegnante guardò verso la finestra e vide due bellissimi gatti sul davanzale.

«Che belli! Ma avete dei gatti qui? Mia zia mi aveva detto che ogni sorta di animale era bandito dalla scuola, a parte un vecchio cane del preside!», rammentò, ed entusiasta corse ad aprire la finestra, ne prese uno in braccio e lo mise sulla cattedra.

«Sono i gatti del professor Forcent!», disse Primo, omettendo di dire che era stato lui a introdurre i gatti nella scuola di nascosto. «Ne ha tanti!»

«Anch'io ho un gatto!», disse la professoressa, «è nella mia stanza che mi aspetta, si chiama Cupido! Un bel gattone grigio!».

«Un'altra poesia...», ripeté Peter dal primo banco, dal momento che, distratta dai gatti, l'insegnante si era dimenticata della poesia.

«Ah! Sì, scusate, allora dovrei averne proprio una sui gatti... Eccola! Emily la scrisse guardando la sua gatta cacciare un uccellino:

Punta un uccellino e sogghigna
si acquatta; poi, ventre a terra, avanza
corre come priva di piedi
gli occhi fatti grandi come palloni

la mandibola tremante, irrequieta, famelica
i denti a stento trattenuti
balza, ma il pettirosso è balzato per primo.
Ah, micia della sabbia,
maturavano piene di succo le speranze
quasi vi affondavi la lingua
quando la beatitudine tirò fuori cento piedi
e con tutti se ne fuggì».

La classe applaudì.

La lezione, con i gatti che si strusciavano a Guendalina e giravano liberamente per la classe seguitò, e fu una lezione di poesia, una lezione come molti di quei bambini e ragazzi non avevano mai avuto.

Altro che lettere commerciali e proposte d'affari! C'era qualcosa in quelle parole che lasciava addosso una sensazione strana, una malinconia e una pienezza che stringevano il cuore a tutti, anche ai più piccoli.

Uscendo da lezione quel giorno, per la prima volta, i ragazzi si sentirono felici.

24.
E i Signori SMIRTH?

Sono passati già quasi quattro mesi da quando i coniugi Smirth hanno lasciato il loro disastroso figlio Primo all'Università di Tuttomio, e di loro non si è più detto nemmeno una parola.

Eppure il mondo è piccolo, come si dice, e Trotter e Von Hausen, giunti a Londra, passarono proprio per una certa strada a noi familiare, piena di negozi e botteghe illuminate e agghindate a festa. Il caso volle che chiedessero proprio a Katiuscia indicazioni per lo studio dentistico che cercavano.

Von Hausen aprì la porta di *Smirth's Antiques* e cercò con gli occhi se ci fosse qualcuno a cui chiedere un'informazione. Pochi mesi prima il campanello non avrebbe fatto in tempo a emettere il primo *DLIN!* e subito il cliente, nell'atto di passare la porta, si sarebbe trovato di fronte il sorriso topesco di Katiuscia pronta ad accoglierlo.

Stavolta, invece, Von Hausen dovette chiamare a lungo, finché da dietro la scrivania non vide sollevarsi la figura di una donna magra e arruffata.

«Desidera?», chiese Mrs Smirth con voce atona e poco accogliente.

«Buongiorno, signora, in questa via dovrebbe trovarsi uno studio dentistico, quello del dottor Moore, saprebbe indicarmi dove?»

«È poco più avanti...», disse Katiuscia guardando con orrore le gambe pelose di Trotter. Poi si infilò la giacca e uscendo sul marciapiede innevato gli indicò dove l'avrebbero trovato.

Mentre i due ringraziando si avviarono, lei, colta da un pensiero, si chiuse la porta del negozio alle spalle a doppia mandata e attraversò la strada, diretta a passo spedito verso l'ufficio del marito. All'ingresso della moglie, Gregor Smirth sobbalzò e richiuse di scatto il cassetto dentro il quale stava armeggiando.

«Buongiorno, mia cara! Ho prenotato per pranzo al *Café Restaurant Roald Dahl*, come al solito...», le annunciò. Ma, come avveniva oramai da mesi, la donna rimase indifferente, apatica. «Non ho fame!», rispose.

«A dire il vero nemmeno io», ammise Mr Smirth. «Non riesco nemmeno a lavorare, e anche tu da un po' di tempo non sei più la stessa... sei intrattabile, sempre scontenta, con la testa altrove, triste... insomma, cosa ci sta succedendo? Quant'è che non facciamo l'elenco a memoria delle nostre proprietà? Da quanto tempo non urliamo insieme "chi se ne fregaaaa!!!" di fronte a una qualche disgrazia altrui? A volte... a volte penso che tu non mi ami più! Ecco cosa!»

Katiuscia si sentì colpita sul vivo e andò a piantarsi di fronte alla scrivania, puntandogli l'indice ossuto in mezzo agli occhi: «Non fare il furbo!!», esordì. «Vorresti affibbiare a me la colpa per i nostri litigi, come se fossi io l'unica responsabile. Ma non ci sto! Sei sempre mogio come un cane, non combini più granché in ufficio, hai la testa per aria e ogni due passi fai tre sospiri! La notte ti agiti e mugugni. Ho perfino pensato che tu sia innamorato di un'altra donna!»

«Non dire stupidaggini... lo sai che non stimo che te... Insomma...», seguitò l'uomo. «Che cosa ci sta succedendo?»

Per tutta risposta Katiuscia aggirò la scrivania, tirò indietro la sedia da ufficio dotata di ruote su cui sedeva il marito e aprì il cassetto che gli aveva visto chiudere furtivamente al suo arrivo, certa di trovarlo colmo di lettere d'amore. E in effetti nel cassetto c'era un bel pacco di lettere, tenute insieme da un elastico. Sopra tutte quelle lettere c'era una piccola fototessera di Primo, l'unica foto che avessero del bambino e che avevano fatto per il tesserino della scuola il giorno della sua iscrizione.

Katiuscia prese le lettere fra le mani, guardò la foto e gli occhi le si inumidirono suo malgrado. Poi aprì le lettere: erano tutte firmate da Mr Taccagn, che rassicurava i genitori circa le condizioni di salute di Primo, rammentando tuttavia che per l'educazione del bambino la scuola proibiva ogni corrispondenza diretta con i genitori e la famiglia di origine.

«Se non altro sta bene...», disse la donna sospirando. «Era proprio di questo che ero venuta a parlarti: lo rivoglio, voglio che Primo torni a casa!»

«Incredibilmente manca molto anche a me e ci penso di continuo... me lo sogno perfino la notte. È come se la vita non avesse... Insomma: eravamo così felici un tempo, e adesso... la nostra vita è diventata come una zuppa che non sa più di nulla!»

«Sei diventato anche poeta adesso», commentò acida Katiuscia, per poi aggiungere risoluta: «Fai come vuoi, ma io lo rivoglio! È *nostro*!».

«Anch'io, certo, sarei contento di riaverlo a casa. Potrei insegnargli a giocare a scacchi...», rispose Gregor.

«E io potrei accompagnarlo a scuola come fanno i genitori che vedo sfilare di fronte al negozio ogni giorno!», disse Katiuscia.

«Potremmo parlare insieme d'affari e di politica economica... ma anche di altro, se lui preferisce...», continuò il marito.

«Perché non torniamo a riprendercelo, allora?», sbottò esasperata la donna, che sarebbe partita subito pur di riabbracciare il figlio e non sapeva capacitarsi del cambiamento che quella forzata lontananza aveva prodotto in lei. «Che Natale passeremo senza Primo!»

«Perché non possiamo, Katiuscia! Dimentichi cosa ha combinato, i disastri che è in grado di fare con la sua ingenuità», replicò Mr Gregor, con un grande sforzo di volontà. «Andremo a prenderlo quando finirà l'anno scolastico, per le vacanze estive, come pattuito, e se è cambiato, allora, forse, potremo tenerlo con noi. Altrimenti, sarebbe la nostra rovina!»

Katiuscia sospirò. «Sono certa che sarà già cambiato e che il nostro patrimonio è al sicuro», disse per farsi coraggio. «Ma come al solito hai ragione tu, aspetteremo», e pensando che all'estate mancavano ancora sei mesi si mise a piangere.

Mr Gregor l'abbracciò, e anche i suoi occhi si bagnarono: «Sei mesi passano in fretta...», disse sapendo di mentire. «Vedrai che sarà di sicuro cambiato!»

Katiuscia prese la fototessera dalla scrivania del marito. Lui le si avvicinò temendo che la donna la volesse per sé. La guardarono insieme.

«Occorrerà far fare un ingrandimento di questa e altre foto che abbiamo di Primo», disse Katiuscia.

«Ho cercato dappertutto», le spiegò imbarazzato Mr Gregor. «Non abbiamo nessun'altra foto di Primo, solo questa, e solo perché è avanzata da quelle richieste da McPear per il tesserino, altrimenti non ne avremmo nessuna.»

«Com'è possibile che non si sia pensato a fargli delle foto?», domandò Katiuscia.

Si guardarono perplessi e la domanda restò senza risposta.

25.
Un altro
uomo

Nei mesi che seguirono la scuola non sembrò più la stessa, e molte cose vi accaddero che nessuno avrebbe potuto prevedere.

Ma andiamo per ordine.

Von Hausen tornò da Londra con Trotter a tarda sera senza che nessuno si accorgesse della loro fuga.

Da lì a un mese, durante il quale Trotter si fece vedere ben poco in giro, il baronetto annunciò che li voleva tutti radunati nella camera di Primo per la sera dopo, perché doveva mostrar loro una sorpresa.

E infatti la sorpresa ci fu, e delle più sconvolgenti.

Quando i ragazzi furono tutti comodamente accasciati sul pavimento e sul letto di Primo, con Adamo disteso fra loro a fare incetta di coccole, Von Hausen disse: «Signori, ho il piacere di presentarvi Mr Jonathan Trotter, collaboratore scolastico dell'Università McPear!».

Poi aprì la porta, ma non c'era nessuno. Guardò nel corridoio: deserto.

«Trotter!», urlò innervosito. E la faccia di Trotter comparve dall'angolo in fondo al corridoio.

«Mr Trotter, ti prego di venire subito qui!» Lo raggiunse dietro l'angolo. «Coraggio, non aver paura! Sei pronto!?»

Trotter deglutì e annuì.

Von Hausen gli sistemò il colletto della camicia e rientrò aprendo appena la porta, sgusciando dentro e chiudendosela alle spalle.

«È un po' emozionato!», spiegò, e ripeté l'annuncio spalancando la porta.

Al comparire di Trotter, un «Ooohh!!!» collettivo salì dal gruppo. Un signore elegante e ben piazzato, vagamente assomigliante al bidello che conoscevano, ma all'apparenza più giovane, stava in piedi di fronte a loro, rosso come un peperone.

I loro occhi percorsero la sua figura come per capacitarsi dei cambiamenti intervenuti. Inutile dire che per ognuno di quei cambiamenti c'erano voluti un bel po' di pazienza di Von Hausen e una bella parte dei risparmi di Trotter fra estetista, dentista, manicure, dietista, sarto e palestra. Ma anche tanto, tanto impegno da parte sua. Un'impresa titanica, che non gli sarebbe mai riuscita se non avesse sempre pensato a Violet Belfagor.

In ogni modo, questo era l'uomo che adesso era lì di fronte a loro: i capelli non avevano più la forfora e il vecchio taglio a "scodella", ma erano lucenti e neri, con una scalatura perfetta sui lati e un bel ciuffo sugli occhi grandi, neri e profondi, che gli conferivano un che di gitano. La barba era stata rasata perfettamente e i denti non erano più acuminati, ma erano stati limati e puliti a dovere, e ades-

Il nuovo Trotter

so apparivano dritti e bianchi. Due spalle possenti si erano tornite a forza di esercizi, e lui aveva imparato a stare dritto con la schiena, cosicché appariva più alto. Perfino la grande pancia era scomparsa a forza di addominali, tisane dietetiche, yoga e rinunce.

Una camicia bianca sotto la giacca elegante lasciava intravedere dagli ultimi due bottoni slacciati l'inizio del suo petto ampio e villoso.

Tutti guardarono le mani, che erano rimaste lunghe e grosse, ma con le unghie perfettamente curate e senza più tutti quei peli e gli artigli, che prima lo facevano assomigliare a una scimmia. I pantaloni con le *pinces* facevano pendant con la giacca e i mocassini eleganti e moderni. Se non l'avessero conosciuto, avrebbero potuto scambiarlo per un attore, un uomo di teatro o un ballerino gitano. I ragazzi esplosero in un applauso.

Von Hausen era raggiante di soddisfazione. Quando l'applauso si spense, disse: «Signori, vi prego, un attimo di attenzione, il meglio deve ancora venire. Silenzio, per favore!».

Quando tutti si zittirono, il baronetto domandò a Trotter: «Signore, chi siete? Abbiate la cortesia di presentarvi, prego!».

«Sono...», iniziò Trotter dopo essersi schiarito la voce: «Mr Trotter dell'Università Tuttomio McPear, per servirla, signore!», e fece un inchino.

Un altro applauso scoppiò fragoroso. Non furono tanto le parole a impressionare i ragazzi, quanto la voce chiara e forte, addirittura affascinante, che le aveva pronunciate.

«Ma, amico mio», disse Vinicio temendo che si trattasse di un trucco. «Com'è possibile che d'un tratto tu... cioè, voi parliate così, quando fino a ieri, insomma... dalla vostra bocca uscivano solo grugniti?»

«Quando sono andato dal dentista con Von Hausen», spiegò Trotter tenendo la testa alta e guardando Vinicio negli occhi come gli aveva insegnato il baronetto, «per farmi dare un'aggiustatura ai canini, costui si è accorto di un fatto disdicevole a cui fino a oggi io non avevo dato granché peso...».

I ragazzi ascoltavano a bocca aperta.

«Nel centro del mio palato superiore c'era una specie di dente, di zanna acuminata, che non avrebbe dovuto esserci. Fatto sta che c'era e impediva alla mia lingua di posarvisi e di articolare bene i suoni. Non potendo parlare e fare lunghi discorsi, non mi restava da fare altro che leggere, per lo più libri piuttosto vecchiotti, classici, mi perdonerete pertanto se il mio linguaggio vi sembrerà troppo letterario, amici miei!»

Tutti corsero contenti ad abbracciarlo. Solo Primo rimase al suo posto, preso da una certa malinconia al pensiero che Trotter, il suo Trotter grosso e goffo, con la faccia da orco e il sorriso acuminato, non ci sarebbe più stato.

Per questo disse: «Von Hausen, hai fatto uno splendido lavoro!». Il ragazzo si inchinò per ringraziare portandosi la mano allo stomaco, come se fosse stato sul proscenio di un palco teatrale. «E tu, Trotter, sembri un'altra persona», continuò Primo. «Ma non lo sei! Il mondo giudica dalle apparenze e sono sicuro che da oggi in poi sarà più facile per te farti accettare dagli altri e ottenere quello che desideri. Promettimi però che non ti dimenticherai mai come sei stato e quanto hai sofferto. Ma soprattutto ricordati che noi, tutti noi, volevamo già bene al vecchio Trotter e...», Primo si commosse e non riuscì a terminare la frase. Trotter l'abbracciò stretto, e imitando la voce del vecchio se stesso, si scompigliò i capelli e disse: «Io e te a-mi-ci! Tu a-mi-co, O-tter!».

Tutti risero e non furono pochi a tirar su con il naso e a stropicciarsi gli occhi furtivamente.

Che cosa sarebbe successo non appena Mr Taccagn avesse visto il nuovo Trotter non era possibile prevederlo...

Lo si vide presto però, il giorno seguente, quando il segretario suonò il campanello per chiamarlo e allarmato pensò subito che nella scuola fosse entrato un estraneo o un parente dei ragazzi per una visita non autorizzata.

«Chi siete e cosa desiderate? Chi vi ha fatto entrare?», domandò alzandosi in piedi.

Poi guardò meglio e azzardò: «Ci conosciamo? Mi ricordate qualcuno che conosco! Chi siete?».

«Sono Trotter, signore, mi avete chiamato?»

«Pensate di prendermi in giro? Conosco anche troppo bene Trotter!», replicò Mr Taccagn con sdegno. «Chi siete voi per fingere di essere lui, un parente? Noto in effetti una certa somiglianza e indossate anche il suo camice, ma questo non basta a ingannarmi, ci vuol altro con me! Si è forse ammalato e vi ha chiesto di sostituirlo? Davvero pensavate di farmi fesso?!?»

«Capisco il vostro smarrimento, Mr Taccagn», intervenne Trotter, «eppure vi garantisco che sono proprio io, ho solo fatto alcuni cambiamenti. Fatemi qualsiasi domanda e vedrete che so tutto di questa scuola, dal momento che ci lavoro da più di vent'anni!».

«Che fine ha fatto Trotter?! Avete tre secondi per dirmelo o chiamo la polizia!», si incaponì Mr Taccagn, sollevando la cornetta del telefono. «Non ho tempo da perdere!»

Trotter tirò fuori di tasca i documenti, mostrò le ricevute fiscali di estetista, parrucchiere, palestra, dentista e raccontò, omettendo l'aiuto dei ragazzi, cosa aveva fatto per trasformarsi così. Fece vedere anche la cicatrice del dente che gli era stato tolto dal palato. Poi riferì di alcune circostanze che solo lui avrebbe potuto conoscere.

Mr Taccagn abbassò il ricevitore e piano piano sembrò convincersi.

Tuttavia, il cambiamento di quel suo sottoposto che da sempre si divertiva a comandare a bacchetta lo indisponeva.

Fu certo che nella trasformazione di Trotter, così come in quella di Mr Forcent e della professoressa Violet, ci fosse lo zampino di quel Primo.

Possibile che da un po' di tempo a questa parte tutto e tutti cambiassero nella scuola?

Per fortuna lui no, lui era sempre il solito Taccagn, e presto sarebbe tornato McPear, un altro che non sarebbe mai cambiato.

«Sarà meglio che l'accompagni in un giro fra i docenti o non la riconosceranno!», grugnì rabbioso. «Cambiare così, che coraggio, che stupidaggine! E comunque, Trotter, lei rimane sempre il solito cretino!», concluse con astio.

Trotter abbassò lo sguardo e sorrise. Fosse stato anche solo per far arrabbiare Mr Taccagn, era valsa la pena cambiare.

«Venga, c'è lezione di scienze, farò vedere come si è conciato alla classe e alla professoressa!»

Trotter diventò rosso e scappò subito via, rifugiandosi nel suo alloggio.

«Che le prende, adesso, razza di imbecille! Torni qui!», gli urlò dietro Mr Taccagn, ma fu inutile.

Trotter non era ancora pronto per incontrare Violet, e di certo non si sarebbe fatto presentare a lei da Mr Taccagn.

26.
Galeotto fu il MICIO

Quella stessa mattina, quando Guendalina, ovvero la professoressa Byron, uscì dalla sua stanza, il suo gatto, stanco di stare nascosto in camera, le scivolò fra i piedi e fuggì nel corridoio. Lei lo richiamò, ma il gatto corse via. Non poté far altro che inseguirlo per i corridoi della scuola, da un piano all'altro, fin sulle scale dell'appartamento di Forcent.

«Fermati, Cupido! Fermati, torna subito qui, micio, micio... micio cattivo!»

Ma come giunsero in cima alle scale lui infilò la piccola gattaiola della porta, lasciando la sua padrona fuori. Dei cartelli di minaccia, come delle false pagine della rivista d'arredamento, per fortuna non v'era più traccia.

All'interno, Mr Forcent salutò allegramente il nuovo venuto: «E tu, bel gattone grigio, da dove sbuchi fuori?», lo prese in braccio e iniziò a coccolarlo. Sembrava che gradisse. Si era finalmente deciso a svuotare il pianoforte dalle scarpe e a comperare pochi veri mobili investendo un po' dei suoi modesti risparmi, ma l'ambiente rimaneva ancora molto spoglio e desolato.

Gli altri gatti si avvicinarono a Cupido miagolando. In quell'istante si sentì bussare alla porta.

Mr Forcent aprì senza chiedere chi fosse, immaginando si trattasse di Primo o di qualcun altro dei ragazzi.

Invece si trovò di fronte Guendalina.

«Mi scusi, sono la nuova professoressa di lettere, Cupido mi è scappato», sussurrò abbassando gli occhi Guendalina, e poi rialzandoli e vedendo Cupido aggiunse: «Ah! Eccolo qui, questo birbante...», e non fece in tempo a dire altro e a prenderlo dalle braccia di Forcent che vide tutti gli altri gatti.

«Sono bellissimi...», mormorò riabbassando gli occhi e arrossendo. «Lei deve essere il professor Forcent, i ragazzi mi avevano detto che i gatti erano suoi.»

«Piacere, professoressa...?»

«Byron, sono la nipote della professoressa Byron!»

"C'è Byron e Byron", pensò Forcent incantato da quella ragazza alta e impacciata.

«Anche lei ha un gatto bellissimo! Posso offrirle un tè e a Cupido qualche croccantino e un poco di latte?»

«Troppo gentile, professore, non vorrei disturbare!»

«Ma nessun disturbo, le pare, anzi, un piacere, si accomodi!»

«Che bell'appartamento che ha!», mentì la giovane. «I ragazzi mi avevano detto che era meraviglioso.»

«Tutte stupidaggini...», si giustificò arrossendo Forcent. «Stupide leggende nate chissà perché. In realtà è ben misero, come vede. Del resto è evidente che ci manca un tocco femminile», e sospirò. «No, non ho mai trovato la persona giusta. Lei, invece, mi dica di lei, ha figli?»

«No, io... sono signorina!», disse Guendalina, e di nuovo abbassò gli occhi arrossendo.

Intanto Anna e Cupido si annusavano e strusciavano l'una contro l'altro.

«Beati loro...», disse riflettendo come fra sé Forcent. «Mi sembra che si piacciano. Forse diventeremo parenti!», e rise versando il tè.

Guendalina abbassò di nuovo gli occhi e arrossì ancora. Com'era audace il professore, e che sguardi le lanciava di tanto in tanto.

Sentì un irresistibile impulso di scappare, perché si rese conto improvvisamente di essere sola nell'appartamento di un uomo ancora piuttosto giovane e così gentile. Guendalina era di carattere piuttosto pudico, essendo stata educata a trattenere e nascondere le proprie emozioni.

Esaminò di sottecchi il professore. Avrà avuto una decina d'anni più di lei, forse meno. Era piuttosto basso, ma affascinante a suo modo, e soprattutto amava i gatti! Quale miglior biglietto da visita per un uomo? Sentì che se lui avesse tentato di baciarla, forse non avrebbe saputo resistergli. E subito arrossì a quel pensiero.

Parlarono della scuola, dei gatti, dei ragazzi. Guendalina si stupì scoprendosi completamente a suo agio. Che fosse merito dei gatti? Una volta sulla porta, Forcent le disse: «La sua compagnia è stata un dono per questa giornata, amica cara. Mi piacerebbe invitarla a cena una di queste sere. No,

non qui», specificò vedendo l'altra che si guardava intorno, «in un ristorante giù in paese».

«Molto gentile, professore, ma ho molti compiti da correggere e le lezioni da preparare, più avanti... forse...», e uscì con il gatto in braccio, il volto basso, di nuovo rosso fin sopra le orecchie e il cuore che sembrava volerle uscire dal petto.

Galeotto fu il gatto e chi lo perse, anziché *il libro e chi lo scrisse...*

Forcent rimase a lungo sulla porta, ora completamente spalancata. La prestigiosa Università e Scuola di Vita Tuttomio McPear non gli era mai sembrata così bella.

27.
Occhi GITANI

Come si è detto, Trotter era fuggito perché per niente al mondo si sarebbe fatto presentare alla professoressa Violet da Mr Taccagn che, di certo, non avrebbe esitato a prenderlo in giro di fronte a lei vanificando così tutti i suoi sforzi.

Voleva fare la sua apparizione al meglio di sé giocando sul fattore sorpresa, ma non trovava il coraggio. A Von Hausen e i ragazzi occorse fino a metà febbraio per riuscire a convincerlo a presentarsi davanti a quella che *era stata* la terribile professoressa Belfagor. Era stata, perché anche Violet era molto cambiata negli ultimi tempi grazie al particolare clima instauratosi nella scuola dall'arrivo di Primo.

Aveva preso a truccarsi e a vestirsi con maglioncini colorati, arrivando perfino a mettersi la gonna e le scarpe con il tacco. Quando aveva visto la scritta sulla parete della sua aula – *Maestra Violet, la migliore insegnante di scienze che ci sia!* – non aveva sindacato sul titolo stavolta e, soprattutto, non aveva potuto trattenere la sua commozione. Quel mattino, entrando in classe, trovò addirittura un vaso con delle violette sulla cattedra. «Grazie, grazie davvero, ragazzi, siete molto carini. Che pensiero gentile!», disse subito. Faceva un certo effetto vederla così e non si poteva fare a meno di pensare che solo pochi mesi prima avrebbe spazzato via violette e vaso con un colpo di bacchetta.

«Non siamo stati noi», spiegò Von Hausen mentendo spudoratamente, «credo sia stato Mr Trotter...».

«Trotter?», domandò lei meravigliata e un po' irritata. E pensò a come sarebbe stato bello, invece, se quel pensiero fosse stato opera di Mr Taccagn o di qualche altro ammiratore sconosciuto. Imbronciata, scostò le violette sull'angolo della cattedra: peccato!

«Che cosa stiamo studiando, ragazzi?», domandò tornando a concentrarsi sulla lezione.

«Abbiamo finito il cuculo e la murena e stiamo iniziando le iene!», le rammentò un piccoletto in prima fila.

«Pfui!», sbuffò annoiata. «Con una giornata come questa avrei piuttosto voglia di parlare di...»

«Di...?», domandarono increduli i ragazzi.

«Di api!», rispose lei con una strana luce sognante negli occhi.

Fuori era davvero una bella giornata e un tiepido sole entrava dalla finestra illuminando la cattedra e le violette. Il parco rifiatava dopo il lungo inverno.

Era stato gentile quel Trotter, mostruoso, ma gentile, pensò. Del resto anche lei non era una bellezza. Non fece in tempo a finire di formulare quel pensiero e iniziare a parlare dell'organizzazione sociale delle api che bussarono alla porta. Tutto era stato concordato attentamente con i ragazzi.

«Avanti!», grugnì come al solito, amareggiata dall'essere stata interrotta.

Trotter aprì la porta. Indossava un camice nuovo, con un bel taglio moderno, aperto sul suo vestito elegante e la camicia bianca, e con una voce calda e profonda, guardando la donna negli occhi come gli aveva insegnato Von Hausen, si fece coraggio e disse: «Scusi l'interruzione, professoressa Violet, il professor Forcent avrebbe urgente bisogno di parlare con Vinicio. Potrebbe cortesemente mandarglielo per alcuni minuti nell'aula di economia?».

Soprattutto nel pronunciare "Violet", mise un accento un poco latino, mostrando i denti bianchi al momento di pronunciare la vocale. La Belfagor sentì un brivido correrle lungo la schiena. Vinicio si alzò e con un tempismo perfetto, prima che la professoressa potesse chiedere a quell'uomo affascinante chi fosse, intervenne: «Grazie, Mr Trotter, posso andare, professoressa?».

"Trotter?!", pensò la donna, ed esclamò: «Come, Trotter?», e rimase imbambolata a guardarlo.

Trotter le sorrise socchiudendo gli occhi.

«Allora posso andare, professoressa?», ripeté Vinicio.

«Come?... Eh, sì, sì, vai, vai...»

Trotter e Vinicio si allontanarono, non prima che Trotter avesse salutato la professoressa Violet con un galante inchino in puro stile Von Hausen. La donna li salutò a sua volta con la mano, lentamente e con un sorriso ebete stampato in viso, come se loro fossero stati su un treno in partenza e lei una bambina che dal marciapiede del binario avesse visto il treno trasformarsi in un drago meraviglioso.

I ragazzi se la ridevano sotto i baffi che ancora non possedevano.

Trascorsero manciate di secondi, poi quella che era stata la terribile professoressa Belfagor, con la voce balbettante di una ragazzina, domandò: «Trotter? Com'è possibile? Che cosa ha fatto?».

«A me sembra sempre lo stesso...», disse Von Hausen. «Certo, da un po' di tempo si veste diversamente, forse ha cambiato taglio di capelli, ma non ci vedo molta differenza.»

Tutti gli studenti annuirono. Dovevano assolutamente sforzarsi di non ridere.

«L'altro giorno», disse Peter, «mi ha detto di avere scoperto di essere intollerante a non ricordo quale cibo e che dopo averlo tolto dalla sua dieta adesso si sente molto meglio».

«Moltissimo meglissimo, direi!», convenne la professoressa. «Stentavo a riconoscerlo!»

«Non esageriamo», replicò Von Hausen. «Forse era semplicemente molto tempo che non lo guardava. A volte pensiamo di conoscere gli altri e non ci accorgiamo dei cambiamenti che fanno, perché restiamo attaccati alla nostra prima impressione.»

L'insegnante convenne fra sé che era proprio così, che molte persone e molte cose erano cambiate durante l'anno scolastico: la mania per i gatti di Forcent, che sembrava rinato; la predilezione per l'orribile zuppa di Beppa Janez di

Mr Taccagn; la nuova professoressa Byron, così diversa dalla precedente; e lei, sì, perfino lei si sentiva cambiata.

Per un attimo, si vide come dall'esterno in quella classe colorata, con la graziosa scritta alle sue spalle e i sorrisi degli allievi che erano passati in pochi mesi dal temerla all'adorarla. Davvero avrebbe potuto vivere solo per i suoi studenti...

Fece un bel respiro, li guardò, sentì ancora su di sé gli occhi scuri e languidi di Trotter, di quell'uomo affascinante che l'aveva guardata come da tempo immemorabile nessuno aveva più fatto, e un brivido le corse lungo la schiena. Sospirò, scosse la testa come un cane uscito da un fiume e iniziò: «Le api sono insetti dalle caratteristiche straordinarie. Nella loro organizzazione sociale il singolo individuo conta meno di nulla, ciò che conta sono la comunità e la cooperazione...». Non si rese conto di aver pronunciato ben due parole di seguito da sempre proibitissime alla McPear. «L'alveare conta più di tutto. La regina è indispensabile per la vita dell'alveare, e tuttavia può essere rimpiazzata. Le api, per difendere l'alveare e il miele, sono disposte a morire senza pensarci due volte. Sì, fra tutte le organizzazioni sociali quella delle api...»

Sì, lo sapeva, era andata fuori programma, ma non le importava: era stufa di parlare di iene, cuculi, sciacalli e scimmie egoiste.

28.
Le donne più belle
D'INGHILTERRA

Dopo lunga esitazione, Guendalina decise di accettare l'invito a cena del professor Forcent. Per l'occasione indossò un abito da sera scuro e delle scarpe con il tacco, si tirò su i capelli biondo rame in uno chignon, mise una collana, tolse l'apparecchio per i denti che oramai erano quasi perfetti, mise le lenti a contatto al posto degli occhiali – per una sera stimò che sarebbe riuscita a sopportarle – e si passò un velo leggero di trucco sulle labbra e sugli occhi.

Quando si guardò nello specchio le sembrò come al solito di avere le braccia troppo grosse e il volto da bambolona.

In realtà la sua era la classica bellezza nordica, ma i continui insulti che le rivolgeva la zia fin da bambina l'avevano sempre condizionata.

«Bietolona, spostati con codeste zampone da mucca!», le diceva la zia piccola e ossuta, che era gelosa della sua bellezza.

«Quanto mangi? Sembri una mortadella con tutte quelle lentiggini e quelle zampone! Lava i piatti, piuttosto, e metti a posto la casa, e poi lava i vetri!»

No, la sua non era stata una vita facile, con quella zia che l'offendeva di continuo, la comandava a bacchetta e non perdeva mai l'occasione di ricordarle quanto le costasse e com'era stata generosa a prendersi cura di lei.

D'improvviso, ripensando alle parole della zia, le sembrarono così vere! Si guardò di nuovo e si vide enorme e orribile. Pensò a com'era stata stupida e ridicola a conciarsi in quel modo, a credere che qualcuno potesse interessarsi a lei, e risolse fra sé che non sarebbe mai stata bella, con o senza gli occhiali, ma solo una goffa ragazzona con le movenze di una contadina. Cominciò così a piangere e a singhiozzare, rovinandosi il trucco.

Guardò la gonna a quadri verdi scozzesi e il maglione rosso carota che indossava sempre appoggiati sulla sedia vicino a lei e pensò che doveva cambiarsi prima che il professor Forcent arrivasse a prenderla per la cena e la sorprendesse in quelle ridicole condizioni.

Sì, si trattava di una semplice cena fra colleghi sulla quale aveva fantasticato troppo. Non avrebbe mai dovuto spendere tanti soldi per quell'abito da sera. Guardò l'orologio: mancavano ancora trenta minuti all'appuntamento.

Mr Forcent, dal canto suo, era pronto da più di un'ora e passeggiava nervosamente guardando anche lui l'orologio con Primo, Von Hausen e Vinicio che cercavano di tranquillizzarlo.

Sudava e si era cambiato la camicia già tre volte, ogni volta dopo essersi rifatto la doccia e profumato. I gatti percepivano il suo nervosismo e gli giravano intorno muovendo la coda sospettosa e inquieta e guardandolo senza osare emettere il più lieve miagolio.

Il caso volle che il piccolo Peter, passando di fronte alla porta di Guendalina, la sentisse piangere. Così corse a bussare all'appartamento di Forcent chiedendo di Primo, e gli sussurrò in un orecchio la sua scoperta.

Primo disse che doveva assentarsi e scese le scale, andando a poggiare l'orecchio sulla porta di Guendalina. Non vi erano dubbi, la professoressa stava piangendo.

Guendalina, che stava lavandosi la faccia dal trucco singhiozzando, sentì bussare alla porta e, presa dal panico, rispose: «Arrivo! Un attimo solo...», e guardò dallo spioncino. Per fortuna non era ancora il professor Forcent! Era un suo allievo: Primo Smirth.

Finalmente aprì con gli occhi rossi, dopo essersi infilata l'accappatoio per nascondere il vestito.

«Che cosa vuoi, Primo?», chiese.

«Volevo accertarmi che stesse bene, passando ho sentito dei singhiozzi.»

«Grazie, caro, sto benissimo», mentì. «Anzi, no, ho il singhiozzo e mi è venuto anche un forte mal di testa. Fammi il favore di dire al professor Forcent che non posso uscire con lui per cena.» E prima che Primo potesse dire alcunché chiuse la porta ed esplose di nuovo in singhiozzi.

Primo ci pensò un po' e capì che quel che ci voleva, lì, era una donna, una donna dal cuore tenero e generoso. Non che abbondassero alla McPear, le donne, specie generose... Occorreva arrangiarsi con ciò che offriva la casa.

Bussò alla porta della professoressa Belfagor, ma questa non c'era, allora scese nelle cucine e oramai disperato bussò all'appartamento di Beppa Janez: la cosa più simile a una donna che fosse disponibile in quel momento. La cuoca aprì con il sigaro fra i denti e fra le mani un ago da uncinetto di quasi un centimetro di diametro e un centrotavola enorme, e lo guardò come avrebbe guardato un maialino da cucinare.

«Ho bisogno di lei, signora, di una donna dolce e sensibile come lei!», esordì Primo deglutendo. «Che raffinato centrotavola... che finezza!», aggiunse.

Beppa Janez prese il sigaro fra le dita e sorrise, mostrando i denti macchiati dal fumo con un'espressione da serial killer. «Grazie! Ma non è un centrotavola, è una rete da uccelli... Chi è che ha bisogno della mia sensibilità femminile?», domandò, e con un formidabile sputo stecchì uno scarafaggio che passava furtivo dall'altro lato della stanza.

"Che mira eccezionale!", pensò Primo, e poi si domandò se fosse il caso di portarla da Guendalina. Nemmeno Von Hausen sarebbe riuscito a fare un miracolo con Beppa Janez come aveva fatto con Trotter!

«Non c'è tempo di spiegare, mi segua, la prego!»

La donna lo seguì. Mentre saliva le scale affannosamente dietro a Primo, incontrarono la professoressa Belfagor che rientrava. Primo disse anche a lei di seguirli, che aveva bisogno d'aiuto ed era una questione urgente.

La cuoca e la docente si guardarono senza capire e seguirono Primo che faceva le scale di corsa. Quando furono di fronte alla porta di Guendalina, Primo fece loro segno di fare silenzio portandosi l'indice alle labbra. Allora si udirono dei flebili singhiozzi.

Le due, terrificanti nella penombra del corridoio, lo guardarono come a chiedere spiegazioni. In quell'attimo Primo fu certo di trovarsi di fronte a due delle più brutte donne d'Inghilterra. Deglutì. «Doveva uscire a cena con il professor Forcent, ma mi ha detto di disdire e quando l'ho vista stava piangendo a dirotto», sussurrò loro. «Il professore arriverà fra poco, non sta più nella pelle, credo che sia innamorato perso della professoressa. Sarebbe un colpo terribile per lui se lei non uscisse dalla stanza! Io vado da lui per guadagnare tempo, ma voi, non importa come, dovete farmi il favore di convincere la professoressa Byron a uscire e andare a quella cena.»

«Ah! Quante storie!», esclamò Beppa Janez. «Tu, moccioso, vai a tranquillizzare il pinguino, al resto pensiamo noi. Andrà a quella cena eccome, sono trent'anni che nessuno mi invita più a cena, e se al momento opportuno avessi accettato oggi non sarei qui!»

Primo provò a immaginare come doveva essere stata Beppa Janez trent'anni prima, ma non ci riuscì.

«Con delicatezza, però, vi prego», si raccomandò.

La professoressa Belfagor bussò alla porta.

Primo si allontanò di corsa per fermare Forcent e guadagnare tempo finché le due donne non fossero riuscite a convincere Guendalina. Lo incontrò mentre, scendendo le scale, guardava l'orologio. Indossava un bel gessato grigio di taglio moderno fatto fare su misura, con un maglioncino leggero a collo alto di cachemire scuro, e aveva un mazzo di rose rosse in mano. Era accompagnato da Von Hausen, Vinicio e Peter, ai quali aveva chiesto almeno cento volte come stava, ricevendo ogni volta mille rassicurazioni. Sembrava l'agitazione fatta persona.

Primo lo fermò e gli comunicò che la professoressa Byron chiedeva ancora dieci minuti per via di una cerniera dell'abito che le si era inceppata e per la quale aveva chiesto aiuto alla professoressa Violet.

«Ah!», esclamò il professore colto da un brutto presentimento, e si sedette sconsolato sullo scalino.

«Cose da donne, cose che succedono», lo consolò Vinicio.

«Occorre molta pazienza con le dame», confermò Von Hausen assumendo una posa da uomo di mondo, e raccontò di quella volta che per la mancanza di un nastro per capelli di idonea tonalità, la baronessa Stizzivento aveva fatto attendere il principe di Danimarca per ben tre ore.

«Tre ore?», rimarcò sconfortato Forcent. «Non credo che resisterei a tanto!»

Mentre i ragazzi cercavano di consolarlo, Beppa Janez e Violetta Belfagor avevano bussato e, approfittando dell'attimo in cui Guendalina aveva socchiuso la porta – temendo che fosse successo qualcosa, scoppiato un incendio o chissà cos'altro –, si erano introdotte quasi di forza nella sua stanza.

«Che cosa le prende, per Giove?», cominciò senza tanti complimenti Beppa Janez. «Abbiamo sentito che piangeva passando nel corridoio. Il professor Forcent arriverà a prenderla da un momento all'altro e lei non è ancora pronta!»

«Su, ragazza mia, si faccia coraggio!», le disse la professoressa Violet carezzandole i capelli.

«Sono una stupida, ero partita con tanto entusiasmo...», rispose lei tra i singhiozzi. «Mi sono messa questo ridicolo vestito, pensavo di poter sembrare carina, e invece quando mi sono guardata allo specchio ho visto quanto sono brutta e ridicola! Ha ragione mia zia, sono una mucca sgraziata e piena di lentiggini!», esclamò, e coprendosi il viso esplose in un pianto ancora più incontenibile.

«Sua zia è una vecchia cattiva e invidiosa!», affermò solennemente Violet.

«Da quando la conosco è sempre stata una stron... *stroncalavandini*!», affermò Beppa Janez.

«Già... vorrei essere io bella come te, ragazza!», le disse Violet voltandola verso lo specchio.

«Già, tutte sciocchezze, sei bellissima!», disse Beppa Janez facendo un occhietto d'intesa a Violet, che intanto aveva tirato su di nuovo i capelli a Guendalina legandoli con un fermaglio di corno trovato sulla toilette.

Guendalina si guardò nello specchio. Aveva un bel volto regolare, e il collo con i capelli tirati su appariva lungo ed elegante. Vide riflesse ai lati del suo viso anche le sue soccorritrici, scure e grottesche. Sorridevano benevole e orribili. Fu forse per il contrasto fra la loro bruttezza e la sua

immagine riflessa nello specchio che in quell'istante si sentì bellissima e sorrise a sua volta.

«Sei stupenda!», rincararono le due donne quasi all'unisono, e avevano ragione.

«Adesso lavati la faccia e rifacciamo il trucco che è tardi!»

Dieci minuti dopo il professor Forcent, stregato da un'attesa che gli era parsa di dieci secoli, bussò alla porta e per poco non svenne vedendo quanto era bella la sua dama. Il sorriso di quella bellissima creatura in abito nero lo commosse e lavò via ogni fatica e ansia dal suo animo.

«Lasciatemi dire che siete ancora più stupenda del solito vestita così...», mormorò, ed entrambi diventarono rossi come lampadine da camera oscura accese.

«Risolto con la cerniera dell'abito?», domandò per cambiare discorso e togliersi d'impaccio.

Guendalina esitò senza capire, poi pensò a Primo e stimò fosse meglio rispondere: «Tutto a posto, grazie».

Quando Forcent, arrivati al ristorante, la aiutò a togliersi il soprabito, rimase così turbato dalla bellezza del suo collo e delle sue spalle scoperte e lattee, da non notare che l'abito non aveva proprio nessuna cerniera. Del resto, anche l'avesse notato, si intendeva così poco di donne e delle loro cerniere...

Eppure quel giorno una cerniera era stata chiusa per sempre nell'animo di Guendalina da due donne bellissime, due fra le più belle donne d'Inghilterra. Non avrebbe più pianto e non si sarebbe più sentita brutta pensando alla sua vecchia zia, dal momento che la bellezza è qualcosa che non riguarda il corpo o come siamo fatti, ma – come aveva sentito dire una volta a qualcuno – "la bellezza sta negli gli occhi di chi guarda", e gli occhi del nuovo professor Forcent, di fronte a lei dall'altra parte del tavolo, ne erano colmi.

29.
Vendetta!

Alcune settimane dopo Mr Taccagn venne a sapere nell'ordine: che la professoressa Violet e Trotter uscivano regolarmente ogni giovedì sera per andare al cinema in paese e qualche volta addirittura a ballare, e che la professoressa Byron si era ufficialmente fidanzata con Mr Forcent.

Le due cose lo indispettirono. Le trasformazioni nella scuola sembravano non avere fine. Tutti intorno a lui sembravano maledettamente felici e innamorati negli ultimi tempi. La cara vecchia aria tetra dell'Università Tuttomio McPear, densa di astio, spietatezza ed egoismo, sembrava essersi dileguata come nebbia al sole. I ragazzi, perfino Von Hausen e Vinicio, parevano essere diventati ottimi amici, e dell'antico egoistico spirito di competizione si era persa ogni traccia.

Un fallimento umano e pedagogico aveva investito la scuola da lui diretta in assenza di McPear.

Come avrebbe potuto giustificare tutti quei colori e quel clima di allegria che aleggiava ovunque?

La sua costernazione andò alle stelle facendolo sbavare

di rabbia quando in una quieta sera di marzo, mentre era disteso nel suo letto a riflettere sul da farsi, sentì delle risate nel piazzale della scuola.

Si alzò per vedere chi si divertisse così tanto e dalla finestra della sua camera vide Trotter e la professoressa Violet a braccetto che tornavano da fuori. Lei poggiava teneramente la testa sulla sua spalla in una posa romantica e aveva in mano un mazzolino di violette. Con la sua vista da rapace, sporgendosi sopra di loro dalla finestra, colse uno scintillio sulla mano della professoressa. Un anello! Quei due si erano... fidanzati! Anche loro!

Tutto ciò era davvero troppo. Non era un'agenzia matrimoniale la sua scuola! Mr Taccagn prese a camminare avanti e indietro tormentandosi le mani e poi scoppiò a piangere istericamente.

Tutta quella felicità lo disgustava.

Non si diventa ricchi, non si fanno affari con la gentilezza, l'amore e la felicità, pensava fra sé.

E di nuovo la medesima idea che lo ossessionava da un po' di tempo e che lo faceva destare nel mezzo della notte in preda agli incubi gli attraversò la mente... Più che un'idea era un'immagine, l'immagine di un ragazzino che sorrideva: l'immagine di quella maledizione, di quella peste, di quel demonio di Primo Smirth, che era la causa di tutto e rovinava ogni cosa toccasse con il suo falso candore.

Sì, Primo Smirth, che in pochi mesi aveva distrutto la scuola McPear, il suo lavoro di anni e il senso della sua vita!

Con gli occhi sbarrati di un pazzo si vide nel vetro della

finestra e il suo riflesso pronunciò chiaramente quello che molte volte aveva pensato di sfuggita: «La colpa è tutta di quel Primo! Tu eliminalo, fallo fuori in qualche modo, toglilo per sempre dalla faccia della terra e vedrai che tutto tornerà come prima!».

Quel vago pensiero fino ad allora non si era mai trasformato in una risoluzione. Adesso, però, agitando sul petto la punta delle dita magre e bianche simili a un grosso ragno infarinato, Mr Taccagn rispose alla sua pallida immagine riflessa sbarrando ancora di più gli occhi: «Sì, quel moccioso mi ha fatto perdere tutto e me la pagherà! Ha reso gli studenti un branco di pappamolle e rovinato la mia vita e la mia carriera. Sì, merita di scomparire nel nulla. Così com'è venuto se ne andrà... e tutto tornerà come prima. Come prima di Primoooo!», urlò, e una risata malvagia echeggiò nella notte. «Non so ancora come, ma lo toglierò di mezzo! Eccome se lo toglierò di mezzo!»

"Intanto la prossima settimana ritorna McPear", rifletteva fra sé Mr Taccagn, animato dal suo nuovo proposito. "Ci penserà lui a rimettere a posto le cose. Conosce i segreti di tutti, lui saprà ritrasformare Trotter nel troglodita che era... Parlerà alla professoressa Byron di Forcent e dei suoi segreti e lei lo lascerà. E anche la professoressa Violet, la Belfagor, come la chiamavano i ragazzi, tornerà a essere sola, triste, delusa e ancora più spietata con gli alunni.

"Poi farà dare una mano di grigio alla scuola... Chissà quali punizioni si inventerà quando la vedrà ridotta come un arcobaleno!

"Sì, dopotutto, prima di liberarmi di quel Primo posso ben vedere come il mio maestro saprà riportare le cose all'ordine", pensò, e sorrise perfidamente.

Dopo il suo rapporto su quanto era successo in sua assenza, McPear avrebbe espulso dalla scuola Primo Smirth e tutto sarebbe tornato come prima, ne era certo!

Confortato da quei pensieri, Mr Taccagn, per la prima volta da settimane, quella notte riuscì anche a dormire e sognò, sognò la sua vecchia grigia lugubre scuola e il magnifico ritorno di McPear, più cattivo e spietato che mai.

30.
BENTORNATO, preside McPear!

La mattina del ritorno di McPear, Primo ricevette una lettera da casa e, combinazione, una lettera anche da Enrichetta Stevenson.

Erano due lettere molto diverse.

I suoi genitori lo pregavano di inviare loro qualche foto. Affermavano di sentire molto la sua mancanza e di non vedere l'ora che arrivasse l'estate per averlo a casa per le vacanze.

Enrichetta Stevenson, invece, gli comunicava che la fattoria aveva dei grossi problemi economici, il raccolto era andato male a causa della grandine, i grandi allevamenti avevano fatto abbassare il prezzo del latte e della carne. Così suo marito era stato costretto a licenziare i due operai e dalla terra ricavavano oramai solo di che mangiare, ma certo mai avrebbero potuto far fronte al debito contratto con la banca per l'acquisto della proprietà. Così stando le cose, in pochi mesi avrebbero perso la fattoria, per cui suo marito stava già cercando lavoro in città e anche lei cercava un posto di domestica.

Caro Primo, mi spiace annunciarti che il sogno che avevamo cercato di costruire si è infranto di fronte alla dura realtà e per questo la prossima estate non potremo ospitarti come abbiamo sempre fatto. Spero che tu stia bene e cresca sano e forte, e tutti noi abbiamo voglia di riabbracciarti il prima possibile...

La lettera era macchiata da grosse gocce che sbavavano l'inchiostro della stilografica.

Primo sentì stringersi il cuore dalla commozione e dal dispiacere. La fattoria di Enrichetta era il posto che più amava al mondo, lì aveva passato i momenti più belli e felici della sua infanzia con i figli di Enrichetta e i ragazzi del paese. Lì sarebbe voluto tornare da grande, lì avrebbe voluto vivere.

Pensò che avrebbe potuto utilizzare i soldi che gli aveva donato Mr Johnson il giorno del gelato e darli a Enrichetta per pagare la banca, ma poi si ricordò che non poteva toccarli fino alla sua maggiore età.

Mentre era assorto in questi tristi pensieri sentì il clacson di un'auto e si accostò alla finestra, appena in tempo per vedere il nuovo Trotter che apriva il cancello e un'ambulanza che entrava nel parco.

Corse subito a chiamare i compagni e, come avevano

convenuto, tutti insieme si precipitarono in fondo alle scale e si disposero come un vero coro: i più piccoli in basso e i più alti sui vari gradini a scalare. Vinicio e Von Hausen reggevano, a dire il vero un po' di malavoglia, un piccolo striscione sopra le teste di tutti con scritto: *Bentornato, preside McPear!*

Alla loro destra si era radunato tutto l'esiguo corpo insegnanti, con Trotter e Beppa Janez, che per l'occasione aveva preparato una doppia razione della sua formidabile zuppa. I ragazzi però, vedendola gettare nel pentolone un vecchio scarpone e altri strani elementi per insaporire il brodo, si erano subito preoccupati di allestire anche loro un buffet di accoglienza.

Intanto Mr Taccagn si stava sfregando le mani e seguiva dalla finestra del grande studio l'arrivo dell'ambulanza fino di fronte alla porta. Ancora pochi istanti e McPear sarebbe sceso, avrebbe gettato una gelida occhiata alla facciata e avrebbe stretto i denti. Con i capelli arruffati e l'espressione iraconda avrebbe urlato e sbraitato ordinando che tutti tornassero al lavoro, che certi salamelecchi gli facevano schifo e che il giorno dopo non avrebbe voluto assolutamente vedere nemmeno un'ombra di colore sulla facciata e nelle aule.

Fu così che Mr Taccagn fu preso di sorpresa quando vide uscire dall'ambulanza il fratello di McPear aiutato dagli infermieri, splendidamente vestito di bianco come l'aveva visto una volta e sorridente come al solito.

Che ci faceva lì il fratello del preside, e perché anche lui

Bentornato McPear!

aveva bisogno di appoggiarsi a un infermiere per scendere dall'ambulanza?

Aiutandosi con un bastone, McPear avanzò e in quel momento scese dall'ambulanza anche il suo gemello, vestito con un identico completo bianco.

C'erano due fratelli di McPear che sorridevano guardandosi intorno e non c'era più McPear?!?

Mr Taccagn si disse che il fratello doveva avergli prestato un suo vestito, non capiva però perché McPear sorridesse così stoltamente e beatamente... che si trattasse di una paresi? Che avesse picchiato la zucca nella caduta? Che all'ospedale lo avessero imbottito di tranquillanti?

Aveva sempre odiato il suo gemello, e adesso procedevano a braccetto. Che cosa stava succedendo? Deglutì presagendo che quella vista non prometteva nulla di buono, cioè di cattivo... e poi corse fuori ad accoglierlo.

Il nuovo McPear, per così dire, gli gettò le braccia al collo e lo strinse forte.

«Oh, caro Buster!», esclamò. «Che piacere rivederti! Quanto ho sentito la tua mancanza, come ho desiderato che venissi a trovarmi!», e ancora, dando un'occhiata al giardino e alla scuola: «Ma che bello che è qui, che allegria, che cambiamento! Che bella sorpresa mi avete fatto! Debbo complimentarmi, ricordavo tutto così grigio e monotono. Dopo tanti giorni in ospedale avevo proprio bisogno di una scuola così! Di un così bel cambiamento!».

Mr Taccagn sentendosi chiamare per nome sussultò, e cercò in tutti i modi di divincolarsi da quell'abbraccio.

"Un vecchio rammollito!", pensò con stizza. "Il mio idolo, il mio maestro, il mio fulgido esempio inarrivabile... Possibile che all'ospedale me l'abbiano trasformato in un vecchio sentimentale?!"

Quando McPear lo mollò, Mr Taccagn era in un mare di sudore e gli girava la testa.

Con l'aiuto del fratello, il preside scalò la piccola gradinata ed entrò nell'atrio. Non fece in tempo a chiedere: «Ma dove sono i ragazzi? Dove sono tutti?», che partì un canto di benvenuto rivelando la loro presenza sulla scala.

Era una canzoncina scritta da Primo e dalla professoressa Byron. Anche Von Hausen era stato convinto da Primo a partecipare e il risultato era così schifosamente poetico e amorevole che avrebbe mandato su tutte le furie il vecchio McPear.

Mr Taccagn, tremante alle sue spalle, lo sperò con tutto se stesso, invece il preside chinò la testa e si commosse. Il fratello gli passò un fazzoletto, il vecchio con la mano buona si asciugò gli occhi e soffiò il naso, attese che il coro terminasse, ci fu un applauso generale e gli insegnanti corsero ad abbracciarlo.

Quando gli fu possibile, McPear alzò la mano per chiedere silenzio, senza però ottenerlo da tanta che era l'agitazione.

Al che Mr Taccagn intervenne urlando: «Silenzio! Il preside deve parlarvi! Animali! Trogloditi! Fate silenzio!!!».

Tutti tacquero sbalorditi e si voltarono verso di lui.

«Caro Buster», lo riprese bonariamente McPear, «non c'è

bisogno di urlare e di offendere. So che per molto tempo qui le cose sono andate così. Io stesso provavo un gusto incomprensibile a trattarvi male, ragazzi», aggiunse, rivolgendosi agli studenti. «Pensavo tuttavia di farlo per il vostro bene... forse. Ma vi assicuro che da un letto di ospedale le prospettive cambiano. Specie se nessuno viene a trovarti... Certe teorie in cui si è sempre creduto vacillano...» Si appoggiò al bastone e fece una pausa, volgendo lo sguardo attorno. «Chiedo scusa a voi, non potendolo fare con tutti coloro che vi hanno preceduto. Sì, vi chiedo scusa perché con il mio operato in tutti questi anni temo di non aver contribuito a rendere il mondo migliore e i miei studenti uomini più felici.

«Senz'altro saranno divenuti ricchi, senz'altro non si saranno fatti mancare nulla... ma non credo siano stati felici. Anch'io, a ben vedere, crogiolandomi nell'odio mi ero trasformato in una specie di gufo solitario!»

"Ma che cavolo sta dicendo?!", pensò allarmato Mr Taccagn.

I ragazzi risero della battuta del gufo solitario, ma appena un po', perché erano così sconcertati nel sentire quelle parole da non credere alle proprie orecchie. Davvero quello era lo stesso McPear che conoscevano? Anche a loro passò per la mente che potesse aver picchiato la testa cadendo, o magari il cuore, che così aveva ripreso a funzionare, come una vecchia sveglia con un ingranaggio bloccato.

«E poi... a dirvela tutta, ragazzi...», McPear ridacchiò quasi fra sé e guardò il fratello. «Ho creato questa scuola per salvare la proprietà di famiglia da quelle che ritenevo essere le mani bucate di mio fratello qui presente», lo indicò. «Ho speso la mia vita in questa scuola, cercando di risparmiare ogni centesimo, di pagare il meno possibile gli insegnanti, di ricattarli perfino...», guardò Mr Forcent e abbassò gli occhi. «Be', devo confessarvi che nonostante tutto non sono diventato ricco. Anzi, francamente, sono in bolletta, ragazzi, e temo che dovrò vendere la proprietà. Sono vecchio oramai e senza eredi, e mi dispiace dirvelo ma... Anzi, mi fa piacere dirvi che l'Università Tuttomio dello stramaledetto McPear che ero finisce qui! Nessuno avrà più da soffrire fra queste mura!»

A questo punto successe una cosa strana. I ragazzi avrebbero dovuto gioire ed esultare, e fino a qualche mese prima lo avrebbero fatto, ma ciò non avvenne, perché dall'arrivo di Primo la scuola non era più la stessa. Gli insegnanti non erano più gli stessi e nemmeno loro lo erano. Perfino McPear era cambiato. Un'onda di tristezza sembrò attraversarli.

Mr Taccagn si appoggiò al muro, sentì la testa che gli girava e le gambe vacillare, poi cadde lungo disteso come un baccalà sul pavimento.

«La scuola non deve chiudere!», gridò Vinicio per primo, e gli insegnanti, che già si chiedevano cosa ne sarebbe stato di loro, del lavoro, e nel caso di Forcent dei gatti e dell'appartamento, gli fecero eco.

«Mi dispiace, ma non c'è più nulla da fare...», disse tristemente McPear. «Non abbiamo nuovi iscritti per l'anno nuovo, e negli ultimi anni le iscrizioni sono cresciute solo di un'unità: Primo Smirth. Ci sono debiti e conti da saldare... Vendendo rimarrà abbastanza per le liquidazioni degli insegnanti, che avranno un'ottima lettera di referenze, e qualche soldo per la mia vecchiaia e quella del mio caro fratello!», abbassò gli occhi.

«Al più presto comunicherò ai vostri genitori che con le vacanze estive la scuola chiude. Non mi resta che augurarvi buona fortuna e invitarvi a fare del vostro meglio fino ad allora. Mi dispiace. Ora, se per favore qualcuno vuol soccorrere Buster, io ho da sbrigare un po' di conti e con i miei arti ancora convalescenti debbo assolutamente sedermi.»

Quando risollevò la testa aveva gli occhi lucidi e lo sguardo di un vecchio indifeso.

Vinicio e Von Hausen avvolsero lo striscione, mogi mogi. Se solo pochi mesi prima qualcuno avesse detto loro che avrebbero provato pena per il preside McPear e si sarebbero dispiaciuti per la chiusura della baracca, mai ci avrebbero creduto.

Primo dette di nuovo via al coro e McPear e il fratello raggiunsero l'ufficio avvolti da una sorta di triste e lieve canto di benvenuto.

Beppa Janez si caricò Mr Taccagn sulle spalle e lo trascinò fino alla sua camera. «So ben io cosa occorre al vicepreside!», affermò salendo le scale con il sigaro in bocca e facendo l'occhietto ai ragazzi e ai docenti: «Una bella scodella della mia zuppa lo rimetterà senz'altro in piedi!».

Il buffet di benvenuto funzionò da pranzo per tutti, anche per Adamo e i suoi amici felini. Non c'era molto appetito nell'aria. Tutti masticavano in silenzio, senza dire una parola. Poi ognuno tornò nella propria stanza accompagnato dai suoi pensieri.

Anche Primo aveva mangiato poco e malvolentieri, continuando a rimuginare fra sé sull'accaduto. Prima la fattoria, ora la scuola. Avrebbe dovuto essere un giorno felice, e invece... La testa gli frullava come il motore di un aspirapolvere in cerca di una soluzione. Ma anche in quel caso, come in quello della fattoria di Enrichetta, sembrava ci fosse ben poco da fare.

31.
Quando è TROPPO è TROPPO

Mr Taccagn si riebbe quando sentì qualcosa di metallico forzargli le labbra e un sapore orribile di terra e cavolo penetrargli fra i denti.

Aprì gli occhi, odorò un alito pestilenziale da fumatore di sigaro che gli rivoltò lo stomaco e vide, vicinissimo, il volto con la barba di tre giorni, la verruca sul naso e gli occhietti storti di Beppa Janez, che lo stava imboccando mostrando i denti radi e gialli in quello che doveva essere un tenero sorriso.

Fece per muoversi, ma le coperte erano rimboccate così strette da contenerlo come una camicia di forza. Allora urlò, e Beppa Janez, approfittando della bocca spalancata, ci infilò una bella cucchiaiata della sua terribile zuppa.

«Lo so, lo so, che andate matto per la mia zuppa! Vi siete ripreso subito!», esordì felicissima.

Mr Taccagn fece per protestare, ma come aprì bocca, *zac!*, un'altra cucchiaiata di quell'orribile brodaglia gli fu ficcata in gola.

«Non dubitate!», disse Beppa Janez indicando il colossale pentolone vicino a sé su una sedia. «È tutta per voi: quando l'avrete finita vi sarete rimesso in forma!»

Mr Taccagn fece di nuovo per urlare «aiuto!», e *zac!*, un'altra enorme cucchiaiata gli riempì la bocca.

«Piano, piano, non siate goloso! Buongustaio! Non dubitate che è tutta per voi!»

Al termine del pentolone, in preda a un'enorme mal di pancia, Mr Taccagn approfittò dell'assenza di Beppa Janez, che era andata a rigovernare, per sfilarsi dal letto e correre con le gambe molli in bagno.

Quando ne uscì un'ora dopo, aveva il volto grigio e la mente offuscata da terribili propositi di vendetta. Scese e bussò all'ufficio del preside. Questi lo accolse gioviale. Era in compagnia del fratello e stavano giocando a domino e conversando amabilmente.

«Non so se hai avuto il piacere di conoscere mio fratello, Buster, lascia che vi presenti!», disse subito il preside.

«Francamente me ne infischio!», rispose Mr Taccagn guardando i due uomini con odio. «Ho bisogno di parlare con lei, e da solo se possibile, adesso!»

McPear si rese conto dello stato di grande agitazione dell'uomo, che emanava un odore non proprio confortante. Evidentemente, l'annuncio della chiusura della scuola era stato davvero un brutto colpo per Mr Taccagn.

«Se vuoi scusarci, mio caro...», disse al fratello.

Quando i due uomini rimasero soli, Mr Taccagn si gettò verso McPear e lo afferrò per le spalle.

«Ahi! Fai attenzione, è il braccio che si era rotto!», gli fece notare il preside.

Ma l'altro, incurante delle sue proteste, seguitò a scuoterlo per le spalle guardandolo profondamente negli occhi.

«Che cosa le hanno fatto, preside McPear? Che cosa le hanno fatto!? Dove sono finiti i nostri ideali di sano egoismo, di spietata competizione, le sacre regole della scuola che sempre abbiamo messo innanzi agli inutili stupidi sentimentalismi?!», disse tutto d'un fiato, mentre McPear lo guardava atterrito. «Non mi sembra più nemmeno lei», continuò. «Abbraccia, tocca, prega, concede liquidazioni, si commuove. Dov'è finita la sua arroganza, la sua capacità di umiliare, di ricattare! Tutte quelle doti che hanno costituito per me un fulgido esempio da seguire in tutti questi anni! Ho sognato... desiderato più di ogni altra cosa di diventare come lei. Mi faccia capire, la prego, mi dica cosa le è successo! È stato quel bambino, vero? Quel Primo maledetto! È da quando è arrivato lui che tutto è andato storto qui da noi! Vero? Vero?!?»

Mr Taccagn piangeva letteralmente. Le labbra tremanti e l'espressione sofferta, certo dovuta anche al gran mal di pancia che persisteva, lo facevano apparire agli occhi di McPear il più disperato degli uomini.

«No...», iniziò McPear, guardandolo con commiserazione e divincolandosi dalla sua stretta. «No, caro Buster, stavolta Primo non c'entra. È stata una... signora a farmi cambiare idea, una vecchia signora che ho conosciuto all'ospedale. Mi spiace ammetterlo, ma... sai tutte le nostre teorie? Ebbene, mi sono sbagliato!»

«Come sbagliato?!?», ululò straziante Mr Taccagn. «Sba-
gliatooo?! Ma sono la nostra fede, il nostro credo, sono l'u-
nica cosa che ho! Tutta la mia vita l'ho passata a perseguire
quelle teorie e adesso lei viene qui e mi dice come se nulla
fosse che si è sbagliato?!? Lei è impazzito! Si è rammollito!
Ecco cosa!», e con gli occhi fuori dalle orbite continuò in
lacrime: «Io mi fidavo di lei! Io la rispettavo, io l'adoravo,
e adesso lei non può rimangiarsi tutto, dire che abbiamo
sbagliato e farmi questo, non può proprio!».

Iniziò a singhiozzare con la testa china sulla scrivania del
preside. McPear gli mise una mano sulla spalla: «Ma se te-
nevi così tanto a me e al vecchio pazzo che ero, perché non
sei venuto a trovarmi in ospedale?», gli domandò quasi in
un sussurro.

L'altro sollevò la testa, lo guardò con gli occhi rossi e lucidi: «Pensavo che mi avrebbe deriso e rimproverato perché
avevo ceduto a un bieco sentimentalismo e perso del tempo
prezioso...», spiegò. Poi si alzò tirando su con il naso, uscì
e sbatté rabbioso la porta alle sue spalle. Un attimo dopo la
riaprì e disse: «Per sua informazione... me ne vado, ma avrà
notizie dal mio avvocato. Spero che ricavi un bel po' dalla
vendita di questa scuola, perché le toglierò fino all'ultimo
penny!», e risbatté la porta.

McPear pensò che quell'uomo era davvero come lui. A
quanto pareva, aveva fatto un buon lavoro con Buster, tra-
sformandolo in una carogna niente male.

Se ne dispiacque, ma non poteva farci proprio nulla, anche se gli sarebbe piaciuto trovare il modo di riparare a tanti

torti e a tante vite che aveva contribuito a indirizzare sulla strada sbagliata.

Forse un giorno, in un futuro prossimo, prima di rincontrare la "signora", anche Mr Buster Taccagn avrebbe capito e sarebbe cambiato. Se lo augurò con tutto se stesso.

Per tutto il resto, si sarebbe visto. Giacché come ripeteva spesso il suo caro fratello ritrovato: «Chi vivrà, vedrà!».

32.
Un Sogno
GENIALE

Primo mangiò poco quella sera, non aveva appetito e seguitava a pensare a Enrichetta e a McPear, alla fattoria e alla scuola, travolte dal medesimo destino.

Anche tutti gli altri ragazzi, tutti piuttosto mogi e tristi, pensarono a lungo a un modo per salvare la scuola, ma presto fu evidente che non c'era davvero nulla da fare. Sospirando, andarono a letto.

Anche Primo, come molti di loro, faticò a prendere sonno e pensò con nostalgia ai suoi genitori, Mr Gregor e Mrs Katiuscia. Per la prima volta desiderò che fossero lì con lui. Forse con loro si sarebbe sentito meno solo.

Ripensò alla loro lettera, dove si auguravano di rivederlo al più presto. Era fortunato, pensò, erano davvero i più affettuosi e teneri genitori che un bambino potesse desiderare, e con il tempo, forse, avrebbero addirittura imparato ad amare gli animali.

Si ricordò a proposito che da qualche parte aveva letto di un gatto il cui pelo non faceva starnutire e sperò fosse vero. Pensando a loro, finalmente si addormentò.

Nel cuore della notte, però, Primo si svegliò dopo aver fatto uno strano sogno. Lo ricordava esattamente: era così reale. Nel sogno il preside McPear era in equilibrio sulla groppa di Napoleone, il grande maiale della fattoria di Enrichetta. McPear non aveva più il bastone e lo cavalcava come un cowboy, agitando il cappello bianco e urlando «Yuppi! Yuppi!», in preda alle risa. Napoleone, imbestialito, faceva grandi salti per scrollarselo di dosso e gettarlo nel fango, ma non ci riusciva, né riusciva a inzaccherare il suo vestito bianco che, nonostante gli schizzi, rimaneva miracolosamente immacolato.

Intorno a McPear, fuori dal recinto, Enrichetta, suo marito e i suoi figli, il fratello di McPear e tutti i ragazzi e gli insegnanti della scuola facevano il tifo, incitandolo a non farsi disarcionare. Alla fine, Napoleone si lasciava domare, permettendo al preside di fare il giro del recinto al trotto a raccogliere gli applausi.

"Che razza di sogno!", pensò Primo, ridendo. Poi rimase a lungo a pensare a che cosa mai potesse significare.

Si addormentò di nuovo solo quando era quasi mattina e solamente durante la colazione, una colazione fatta al tavolo, con le tazze e i biscotti, passandosi i vassoi come persone civili, Primo fu colto da un'illuminazione.

«CI SONO!», gridò facendo sobbalzare i compagni ancora assonnati. E senza proferire spiegazioni uscì dalla mensa e corse su per le scale: doveva parlare al più presto con McPear.

Fu un lungo colloquio, cui seguirono diverse telefonate.

Due giorni dopo McPear, suo fratello, Von Hausen, Vinicio e Primo partirono per una trasferta segretissima e tornarono dopo altri due giorni.

Intanto una lettera del legale di Mr Taccagn chiedeva alla scuola un risarcimento per danni morali e professionali di sette milioni di sterline. McPear la lesse scuotendo la testa e la strappò in due sospirando.

"Buster è proprio incorreggibile", pensò.

Fuori dalla finestra le siepi tagliate dai ragazzi stavano riprendendo la loro forma selvaggia e nelle aiuole fiorivano le nuove rose che Peter e gli altri vi avevano piantato.

Forse l'idea di quel ragazzino avrebbe davvero potuto funzionare. In quel caso gli sarebbe stato concesso di utilizzare i suoi ultimi anni per porre un poco rimedio ai tanti errori e danni che aveva fatto durante l'arco della sua vita. Una possibilità che non sempre viene concessa agli uomini.

Sorrise e nel vetro dell'alta finestra del suo ufficio vide il riflesso del suo volto. Non era più lo stesso. Stentava a riconoscersi. Era quello di un vecchio dagli occhi chiari e il volto sereno.

33.
Una LETTERA
attesa

Tutte le mattine, appena alzati, ancora in pigiama, Mr Gregor e Katiuscia si ritrovavano di fronte al calendario a cancellare con un enorme pennarello rosso un altro giorno che li separava da giugno e da Primo. Poi controllavano la posta per vedere se Primo si fosse ricordato di mandar loro una foto. Avevano smesso oramai da tempo di fare il giochetto del «Chi se ne frega!» sfarfallando le mani, e anche di enumerare a memoria le loro proprietà e di piangere per il furto e le perdite subite.

Il pensiero di Primo, di quel figlio che avevano "prodotto insieme" e che studiava lontano da casa, si era lentamente sostituito a ogni altro pensiero, e così ora vivevano parlando continuamente di lui, dei suoi disastri e delle sue lettere, e di come sarebbe stato bello rivederlo. Si rendevano conto di aver ben poco da dire, giacché da quando era nato lo avevano visto in tutto qualche mese e di lì a pochi mesi avrebbe compiuto dieci anni.

«Vediamo se ha mandato una foto!», proruppe Mr Gregor quella mattina, quando si accorse che il postino aveva lasciato qualcosa nella cassetta delle lettere. Katiuscia gli fu subito alle calcagna e da sopra la sua spalla prese a scrutare la posta che il marito scorreva sporgendo il muso in avanti e scoprendo i denti.

«No!», disse amareggiato Mr Gregor. «Ma c'è una lettera dalla scuola!»

L'aprirono con mani febbrili, e la lessero insieme. Prima ancora di leggere, però, furono colpiti dal fatto che dentro a quella busta gialla e scolorita, che portava malamente cancellato il lugubre e antiquato stemma con la civetta dell'Università di Tuttomio, c'era una bella carta da lettere, con una grafica colorata e moderna intestata un po' diversamente: *Fattoria Bioecodidattica, scuola di vita Stevenson McPear.* Della civetta non c'era più traccia, ma lo stemma mostrava un grande maiale cavalcato da tre bambini. Mr Gregor prese la lente e lo esaminò.

«Il bambino al centro somiglia a Primo!», disse. E iniziò a leggere la lettera a voce alta. Il preside McPear invitava le signorie loro, genitori, zii, famigliari, simpatizzanti, bambini e bambine, ragazzi e ragazze, a una grande festa di inaugurazione della nuova sede. Con l'occasione sarebbero state raccolte le preiscrizioni per il nuovo anno: *Si prega di non mancare!* si raccomandava vivamente, e seguivano l'indirizzo, nel sud dell'Inghilterra, e un bellissimo dépliant a colori allegato.

Gregor e Katiuscia lo guardarono sbalorditi e iniziarono a leggere:

Nel bel mezzo della campagna inglese, immersi nella natura,

la FATTORIA BiOECODiDATTiCA,
SCUOLA Di VITA
STEVENSON McPEAR

propone ai suoi allievi le più moderne tecniche pedagogiche per l'espressione di sé all'insegna della cooperazione e dello stare insieme.

GRANDI SPAZI appena ristrutturati al riparo da onde elettromagnetiche e inquinamento atmosferico, luminoso e acustico, propongono confortevoli laboratori d'arte, scienza, tecnica, computer, grandi aule con vista sulla campagna, palestra e campi per il gioco all'aperto nonché appartamenti esclusivi per gli studenti.

IL CIBO è autoprodotto dagli operatori della fattoria insieme agli stessi allievi, con standard biologici ed ecologici elevatissimi, ed è sano e genuino come si conviene a una buona educazione alimentare.

LA SCUOLA offre un'ottima cucina esclusivamente vegana, yoga, meditazione, medicine alternative per la cura dei ragazzi. Il tutto in un luogo a impatto zero con il riciclaggio totale dei rifiuti. Accanto alle normali lezioni, una vasta offerta di seminari, approfondimenti con esperti, campus estivi, viaggi all'estero...

«Stevenson?», mormorò fra sé Katiuscia. «Dove ho già sentito questo nome?»

Mr Gregor dovette sedersi. Con gli occhi fissi sul dépliant, prese a grattarsi la testa.

«McPear... McPear... Ma non è possibile, deve esserci un errore, non può trattarsi dello stesso McPear. Il McPear che conosco io non farebbe mai una cosa del genere. Che sia morto e gli sia subentrato un erede?»

Dal dépliant cadde un foglietto, e Katiuscia lo raccolse. Finalmente, era una fotografia: Primo, abbracciato ai ragazzi della scuola e sorridente, mostrava di non essere più un bambino dal volto paffuto, ma già un ragazzino dagli occhi azzurri e dai bei lineamenti. Dietro c'era scritto:

Cari Papà Mr Gregor e Mamma Mrs Katiuscia, ci sarò anch'io. Ci vediamo lì? Vi prego di venire, non vedo l'ora di riabbracciarvi!

Primo

Mr Gregor e Katiuscia si guardarono commossi, con la gola secca.

«Che bel ragazzo il nostro Primo», disse Katiuscia.

«Non capisco perché continui a chiamarci Papà Mr Gregor e Mamma Mrs Katiuscia!»

«Già!», disse la donna abbassando gli occhi. «Papà e mamma possono bastare, non credi?»

«Assolutamente!», ammise Mr Gregor, divenendo rosso. E si ricordò che era stato proprio lui a chiedergli di chiamarlo Mr Gregor. Katiuscia lo guardò negli occhi e seppe che stavano pensando la stessa cosa. Gli occhi del marito non erano azzurri ma erano belli, come quelli di Primo. Entrambi stavano pensando che c'era stato un tempo in cui sentirsi chiamare papà e mamma li aveva inorriditi.

Eppure, adesso, quel tempo sembrava così lontano. Adesso non desideravano altro che riabbracciare Primo. Quel figlio che doveva essere solo un erede e, invece, aveva cambiato qualcosa dentro di loro profondamente, colmato un vuoto, lenito una ferita o chissà cos'altro.

«Sei allergica anche ai cani o solo ai gatti?», le domandò Mr Gregor a bruciapelo.

«Solo ai gatti!», rispose Katiuscia sorpresa dalla domanda del marito.

«Allora che ne diresti se prendessimo un cucciolo per Primo, un regalo per il suo ritorno a casa?»

Katiuscia lo guardò seria: sotto quel brutto volto, con il naso a punta, la testa calva coperta a malapena da un terribile riportino, i ciuffi di pelo che gli uscivano dalle orecchie, Mr Gregor somigliava al figlio ed era quasi bello. I suoi occhi da un po' di tempo avevano ripreso a rilucere diversamente. Si ricordò delle foto di suo marito quando era bambino. Pensò che fra tutti, sulla terra, quell'uomo era stato l'unico a capirla e amarla per quello che era e, non credendo alle proprie parole, rispose sorridendo con gli incisivi di fuori: «Credo che sia un'ottima idea e che Primo ne sarebbe molto felice!».

34.
Tremenda
VENDETTA!

Due giorni dopo l'arrivo dell'invito a casa Smirth, in un piccolo albergo della periferia di Londra, Mr Taccagn aprì lo stesso invito ricevuto non dalla scuola, ma da un suo informatore del paese, il vecchio McStrozz, che faceva il giornalaio nella piazza e dalla sua sedia a rotelle teneva d'occhio per lui i movimenti di McPear e di tutta la baracca. Aveva così saputo che intorno alla scuola c'erano strani movimenti, compratori venuti in visita, trasloco di mobili e di gatti verso chissà dove. Adesso, leggendo quell'invito, tutto gli si chiariva e l'andirivieni intorno alla scuola prendeva senso e diveniva decifrabile. McPear aveva venduto la baracca e con il ricavato aveva comprato o affittato una fattoria e fatto allestire le aule, gli alloggi e le attrezzature più moderne.

Come ci fosse riuscito era un mistero. Di certo doveva esserci lo zampino di quel Primo. Mr Taccagn pensò che il volantino faceva schifo, anzi, di più, lo trovò vomitevole. Tutto colorato, sproloquiava di cooperazione, natura, prodotti biologici, animali, sport, yoga, autoproduzione.

Bleah! Bleah! Tutte cose che avrebbero fatto inorridire il vecchio McPear.

Mr Taccagn lo strappò con rabbia in tanti microscopici pezzettini e prese a calpestarlo imprecando. Poi ci ripensò, lo ricompose come un puzzle, e si annotò l'indirizzo. Da dopo la fuga dalla scuola aveva una strana luce negli occhi e li sbatteva di continuo in preda a un tic nervoso. A tratti si fermava a pensare con lo sguardo perso nel vuoto, restava immobile per qualche secondo e poi esplodeva in una serie di sorrisetti compiaciuti, muovendo le dita bianche e lunghe come uno scoiattolo che rosicchi una noce con impazienza.

Tutto quanto era accaduto a scuola e poi il cambiamento di McPear avevano costituito un colpo davvero troppo grande, così non era più lo stesso. Fra lui e la realtà si era frapposto come uno spesso vetro che deformava le cose. Oramai chiamava Primo "la Bestia" e se lo figurava enorme e peloso, o con le iridi rosse e piccole corna da diavolo. Si era convinto che sotto l'apparente bontà del bambino si nascondesse la crudeltà di un demone, una sciagura, una minaccia per l'umanità stessa.

Non dubitava che chiunque lo avesse incontrato sarebbe divenuto buono e melenso al solo incrociarne lo sguardo. Era capitato a tutti nella scuola, e la sua maledizione non aveva risparmiato neppure McPear.

Solo lui, eroicamente, non si era fatto prendere per il naso. Lui! L'unico che aveva capito la pericolosità del bamboccio e che non si era fatto incantare dalle sue moine, ma aveva resistito fino alla fine. Cosicché ora la questione era di vita o di morte, di sopravvivenza del pianeta e della specie.

Fantasticava, agitava le mani, sbatteva gli occhi e poi si ripeteva: «O me o lui!».

Non ce l'aveva più con McPear, che adesso gli appariva una vittima, una specie di re prigioniero di un incantesimo malvagio con tutta la sua corte. Si sentiva anzi il suo fedele cavaliere, rimasto immune dalla maledizione, che presto lo avrebbe liberato facendo tornare tutto come prima.

Questa la fiaba che si ripeteva di continuo vedendosi in sella a un bellissimo destriero nero, con l'enorme testa a lampadina conficcata in un elmo d'acciaio, la lancia in mano tesa e puntata verso il suo avversario in sella a un cavallo tutto bianco, anzi, a dire il vero, chissà perché, se lo immaginava in sella a un enorme maiale.

Mentre rimuginava spietati propositi di vendetta con il dépliant in mano, nella sua piccola e grigia camera d'albergo, Mr Taccagn sentì bussare alla porta. Si alzò e aprì. Era un signore piccolo e grasso in bretelle, con un grande sigaro in bocca e un sorriso ipocrita come l'omino di burro di Pinocchio.

Esordì serio: «Tanto va la gatta al lardo...».

«Che si mangia il cotechino!», concluse prontamente Mr Taccagn, che non stava più nella pelle dall'agitazione.

L'ometto aveva due grandi valigie. Si guardò intorno con aria furtiva, poi entrò e si chiuse la porta alle spalle. Perquisì Mr Taccagn, e poi prese a controllare la stanza, guardò dietro le tende, in bagno, passò le mani sotto il bordo del tavolinetto e del comodino, esaminò le abat-jour e il lampadario salendo su una sedia in cerca di cimici o microfoni. Poi dispose le valigie sul letto e armeggiò alla combinazione per un po'. Finalmente le aprì rivelandone il contenuto.

«Non so a cosa le serve e non voglio saperlo, ma qui c'è di sicuro ciò che le occorre. Lei è un esperto?»

«Veramente no!», ammise Mr Taccagn.

«Un collezionista? Un appassionato?», domandò l'ometto calvo con gli occhietti luccicanti e la bava che colava dal suo sigaro.

«Sono uno che ha un lavoro da fare, semplicemente questo!», spiegò Mr Taccagn guardando il contenuto delle valigie e sfregandosi le mani.

«Capisco... un dilettante...», mormorò l'ometto senza trattenere un'espressione di disgusto. «Se vuole un consiglio, si rivolga a un professionista!»

«Ci avevo pensato!», ammise Mr Taccagn stringendo i denti e sgranando gli occhi. Erano oramai due settimane che non dormiva che poche ore per notte e ci pensava di continuo. «Ma costava troppo e poi... vuole mettere il piacere di farsi il lavoro da sé?»

L'ometto rise di gusto e iniziò a tossire, poi domandò: «Quant'è grosso?».

«Non molto...», dichiarò Mr Taccagn con gli occhi fissi sul contenuto della valigia.

Poco dopo, impazzendo all'idea di aver speso così tanti soldi, Mr Taccagn uscì in cerca di una libreria per acquistare

un dizionario di tedesco. Il commesso fu molto gentile e tentò di affibbiargli il miglior dizionario che avevano. Ma Mr Taccagn aveva già speso troppi soldi per quel giorno e non era dell'umore giusto, non intendeva farsi fregare da un bamboccio del genere.

«Non devo tradurre l'*Amleto* in tedesco», disse serio e irremovibile. «Prendo il più economico!»

Così uscì con un dizionario tedesco-inglese tascabile da poche sterline, convinto che gli sarebbe più che bastato per i suoi scopi. In effetti, se i suoi scopi si fossero limitati a chiedere il conto a un ristorante, salutare e farsi indicare una via da un cittadino di lingua tedesca avrebbe avuto perfettamente ragione.

In ogni modo adesso aveva tutto, proprio tutto ciò che gli occorreva. Anzi, no, doveva anche passare dalla stazione per prendere un biglietto ferroviario e da un negozio di articoli teatrali.

Oddio, sarebbe stato meglio avere un'auto e muoversi con quella, ma, purtroppo, non aveva mai preso la patente.

35.
RIUNIONE
di famiglia

Non è esagerato affermare che il giorno della festa di inaugurazione fu un giorno che molte persone attesero con trepidazione, consapevoli del fatto che avrebbe cambiato la loro vita per sempre.

Per fortuna fu anche una bella giornata di sole, di quelle che a torto, credetemi, perfino in maggio, siamo abituati a considerare così rare nella vecchia Inghilterra.

I ragazzi e gli insegnanti non vedevano l'ora di trasferirsi alla nuova scuola. Enrichetta, suo marito e i figli avevano preparato un grande buffet sul prato, che Adamo sorvegliava legato a un albero lì vicino, con la bava alla bocca.

La fattoria dopo i lavori era splendida e piena di vita. Tutti gli abitanti del paese, consapevoli dell'importanza della giornata, si erano offerti di dare una mano. Chi era vestito da giardiniere, chi da cameriere, chi da cuoco, chi distribuiva dépliant della scuola. Le bellissime gemelle figlie del farmacista si occupavano dell'accoglienza all'ingresso in uniforme da hostess; palloncini colorati contornavano il palco e di fronte a esso, sul grande prato verde, erano disposte centinaia di comode sedie affittate per l'occasione.

Il sindaco e il responsabile dell'istruzione della contea erano attesi da un momento all'altro, insieme al lord cancelliere del Parlamento che si diceva essere intimo della regina e che aveva sette figli in età scolare. McPear, suo fratello e gli insegnanti guardavano per l'ennesima volta la scaletta degli interventi e visionavano il filmato che era stato prodotto per pubblicizzare la scuola e che sarebbe stato mostrato al pubblico.

Dietro le loro spalle, al termine del viale verde e contornato da alberi, il cottage di Enrichetta era stato trasformato in un edificio bianco pieno di aule, con una palestra e numerose camere dotate di ogni comfort. Una grande piscina si scorgeva sul fondo, nei pressi della fattoria didattica.

Adesso mancavano solo gli iscritti...

In quel giorno si decideva il futuro di tutta la baracca: il suo successo o il suo fallimento. Se gli iscritti fossero stati un buon numero e di buon livello, piano piano, tramite il passaparola e una buona campagna pubblicitaria, si poteva sperare di fare il pieno di iscrizioni e di pagare tutti i debiti, il mutuo e gli stipendi. Di decollare, insomma.

Se qualcosa fosse andato storto però, be', allora sarebbe stata la rovina definitiva e completa per tutti gli Stevenson e per i McPear. La banca si sarebbe presa tutto e arrivederci e grazie!

Per questo motivo erano state prese alcune precauzioni. Per esempio, era stato deciso di non dire niente a Beppa

Janez, che avrebbe insistito per servire a tutti la sua celebre zuppa, e di scegliere come testimonial della scuola il baronetto Von Hausen e Vinicio. I due si erano impegnati a garantire anche la presenza dei loro illustri genitori: un barone, per quanto in bolletta, e un capitano d'azienda.

Presto il piazzale adibito a parcheggio dietro la scuderia iniziò a riempirsi di auto, che contornarono la mini rosa con la scritta *Smirth's Antiques* giunta alla fattoria con ben due ore di anticipo.

Quella mattina Mr Gregor e Katiuscia avevano letteralmente stritolato Primo fra le braccia. Stentavano a riconoscerlo da com'era cresciuto e com'era bello. Katiuscia si commosse. Non era più lo stesso bambino, e l'aveva visto così poco, goduto così poco. A Primo, invece, sembrava di ritrovare i suoi amati genitori di sempre, forse solo un po' più gentili e affabili e premurosi del solito, ma quando vide il suo regalo con tanto di fiocco al collo saltar fuori dall'auto, si commosse a sua volta.

«Un cane!», urlò abbracciandolo e guardando incredulo negli occhi i suoi genitori. «Un animale? Ma voi odiate gli animali!»

I due si guardarono costernati. «Noi odiare gli animali? Ma come ti viene in mente? Non ricordi che la nostra casa è piena di quadri e sculture di cavalli, cani da caccia... di animali, c'è perfino un elefante!»

«Ma io credevo che gli unici animali da voi amati fossero il roastbeef e i... mocassini di cuoio...»

«Ma cosa dici? Ah! Ti riferisci... ma certo...», borbottò

Mr Gregor a disagio. «Ci hai creduto? Eri così piccolo e ingenuo! Ma stavamo scherzando!», spiegò divenendo rosso e abbassando gli occhi.

«Cose che si dicono nei momenti di rabbia!», si giustificò Katiuscia guardando da un'altra parte e asciugandosi una lacrima. «L'allergia fa impazzire le persone, sai?!»

«E io avevo appena picchiato la testa!», si affrettò a spiegare Mr Gregor, «non rispondevo delle mie parole».

Primo si gettò su di loro abbracciandoli. Il cucciolo festante prese a leccarli tutti e tre.

«Sai, mamma, ho letto che esiste un gatto che non dà allergia!»

A sentirsi chiamare *mamma*, Katiuscia iniziò a piangere: «Ah, sì?», farfugliò fra i singhiozzi. «Questa è proprio una bella notizia, la più bella notizia che tu potessi darmi, caro Primo...»

«Papà, ma se è una bella notizia, perché mamma piange?», domandò Primo esterrefatto.

«Di gioia, figliolo, di gioia!», spiegò piangendo Mr Gregor, che per la prima volta in vita sua era felice di sentirsi chiamare papà, e non riusciva nemmeno lui a capacitarsi di cosa gli stesse succedendo.

Mentre lacrime, domande e leccate animavano il gruppo, proprio in quell'istante alla piccola stazione locale giungevano in treno i soliti pendolari e, fra questi, due insoliti viaggiatori che per poco non si incrociarono e che non erano stati invitati per nulla.

Si trattava di un signore barbuto, probabilmente un musicista, alto e magro, con una grande testa a lampadina e l'aria stizzita, che scese dal vagone numero uno con una custodia da violoncello. E di una signora tozza e massiccia, con la barba di due giorni, un sigaro stretto fra i denti e il cappello con la veletta, che scese dal vagone numero tre, con due taniche da trenta litri: una per ogni mano.

Entrambi erano diretti all'inaugurazione della fattoria didattica McPear, e si può dire che fu davvero un caso che non si incontrassero.

Quando Primo condusse per mano Mr Gregor e Mrs Katiuscia da Enrichetta Stevenson, che con un gran sorriso stava andando loro incontro, i coniugi Smirth per poco non svennero.

«Lei?!», domandarono quasi in coro. E si avvidero che dietro la donna giungevano anche i figli e il marito, tutti vestiti a festa, per dare ai genitori di Primo il benvenuto.

«Sono così felice che siate venuti!», li accolse Enrichetta con la sua voce ingenua e candida. «Venite! Facciamo in tempo a prendere un tè prima che arrivino gli altri ospiti!»

Come due automi, basiti, Gregor e Katiuscia la seguirono in casa, mentre Primo correva via per andare a mostrare il suo nuovo cucciolo agli amici.

Casa Stevenson era un edificio semplice e popolare vicino a quello della scuola, delle aule e del dormitorio. Non vi erano opere di valore o mobili in stile, ma gran parte dei mobili di legno erano stati fatti a mano dal marito di Enrichetta. A Katiuscia bastò un'occhiata per stabilire che non valevano granché.

«E così è qui che portava Primo da piccolo quando venivate per il weekend... lungo?», mormorò Katiuscia, con la tazza del tè in mano.

Enrichetta annuì e offrì un'altra fetta di torta.

Mr Gregor declinò l'offerta asserendo di essere a dieta e seguitò a guardarsi intorno impacciato.

Fu a questo punto che Katiuscia notò le foto che riempivano la parete della cucina. Si alzò e con la tazza in mano si mise a guardarle. Poi chiamò: «Gregor!».

Il marito, anche lui con la tazza in mano, si dispose con lei di fronte alla parete. «La fotografia è una mia passione», si giustificò Enrichetta Stevenson. «Il tempo passa e i bambini crescono... così...»

Ma le sue parole caddero nel vuoto. Di fronte agli occhi di Mr Gregor e Katiuscia passava l'infanzia di Primo, quell'infanzia che loro non avevano voluto, che non avevano saputo accogliere e amare. Quell'infanzia che adesso non c'era più e non avrebbero potuto riavere, nemmeno pagandola con tutto l'oro del mondo.

In una foto Primo si abbracciava con i figli di Enrichetta, sporco di fango dopo una partita di football. In un'altra era con il vecchio John dell'ufficio postale che gli faceva, ancora piccolissimo, timbrare le lettere tenendolo sulle ginocchia.

E ancora a cavallo di Palladineve. E poi in alcune foto era proprio lui da solo, segno che lì era stato amato e ancora veniva ricordato come un figlio. Di nuovo delle calde lacrime presero a sgorgare dagli occhi dei due coniugi e a cadere nelle loro tazze di tè.

Katiuscia tirò su con il naso discretamente, poi si voltò e vide che la sua ex governante, con un sorriso buono, le faceva cenno di sedersi accanto a lei sul divano. Aveva sulle ginocchia un album e sopra c'era scritto a grandi lettere *PRIMO*. Con Mr Gregor che guardava da dietro la spalliera del divano, Enrichetta iniziò a sfogliarlo. C'erano i primi bagnetti, i primi passi, la prima fragola, la cacca sul vasino... In tutte le foto Primo sorrideva contento e fiducioso. Fu come se lo vedessero per la prima volta.

Colpita dalle lacrime dei due coniugi, Enrichetta chiuse l'album e lo depose sulle ginocchia di Katiuscia: «Vorrei che lo tenesse lei», le disse. «Per riguardarlo insieme a Primo e suo marito tutte le volte che vorrà.»

Prima che Katiuscia potesse trovare la forza di smettere di asciugarsi le lacrime e anche solo di dire grazie, la porta si aprì di colpo e Primo annunciò: «Ci sono Von Hausen, Vinicio e Peter, ma non ancora i loro genitori. Stanno arrivando tante persone e tanti bambini. Si comincia, presto, venite!».

Poi si accorse delle lacrime di Katiuscia e meravigliato domandò: «Che c'è, mamma? Che è successo ancora? Perché piangi?», e corse verso di lei.

«Un gatto!», disse Katiuscia chiudendo l'album e mettendo la mano sulla scritta. «Su questo divano deve essersi seduto un gatto!»

Mr Gregor, che si era girato di spalle all'entrata di Primo, si voltò con gli occhi rossi.

«E tu, papà? Hai gli occhi rossi!»

«Un gatto...», mormorò anche lui. «Tua madre deve avermi attaccato l'allergia. Per questo ti abbiamo preso un cane!»

Fuori, sul prato, il cucciolo di Primo infastidiva il vecchio Adamo nel tentativo di convincerlo a giocare con lui.

36.
BANG!

Presto sul grande prato le sedie furono tutte occupate. Fu distribuito un aperitivo, con un analcolico per i bambini. Le persone parlavano fra loro amabilmente, conquistate dal posto, dalla bella giornata, dai sorrisi d'intorno e in generale dalla bella atmosfera che si respirava.

Von Hausen e Vinicio guardavano nervosamente l'orologio e poi verso il grande cancello d'entrata.

«Mio padre figurati se verrà!», esordì Vinicio tristemente. «Me l'ha promesso, ma per quel che gli importa di me... Pensa solo ai suoi affari. Come al solito manderà un telegramma scusandosi per impegni improrogabili e promettendomi che presto passeremo un po' di tempo insieme. E sì che gli ho spiegato quanto fosse importante per me questa giornata...»

«Non l'ho detto a nessuno, Vinicio...», confessò Von Hausen. «Ma io e il mio vecchio siamo al verde, abbiamo perso tutto, non ci rimane che il titolo di baroni e un po' di buone maniere. Roba che non vale granché di questi tempi. Anche io gli ho spiegato che sono un testimonial della scuola e quanto fosse importante la sua presenza. Ma è possibile che non abbia i soldi nemmeno per un biglietto di seconda classe...»

«Mi dispiace molto», mormorò Vinicio stupito, e insieme si voltarono verso una voce che conoscevano bene, amplificata dal microfono.

Sul palco, un elegantissimo professor Forcent stava richiamando l'attenzione del pubblico per dare il via alle danze: «*Ladies and gentlemen*, cari ragazzi e bambini qui presenti, benvenuti alla Fattoria Bioecodidattica, scuola di vita Stevenson McPear! Il miglior posto di tutta l'Inghilterra e forse di tutta Europa per studiare e imparare in un ambiente sano e incontaminato!»

I ragazzi della scuola fecero partire un fragoroso applauso e i presenti vi si unirono fiduciosi.

Intanto, al di là del prato che delimitava la proprietà della fattoria, un taxi accostò sul ciglio della strada, depositando il misterioso violoncellista arrivato poco prima in stazione. L'uomo scavalcò la palizzata, anche se in modo non propriamente agile, e si tirò dietro il suo strumento fino a un vecchio fienile a due piani che, sebbene al di là di una siepe, dava proprio sulla scena della presentazione. Una volta dentro, il barbuto musicista giudicò che, per eseguire il suo concerto, il piano superiore del fienile, con la finestra che dava sulla manifestazione, sarebbe stato perfetto.

Cercò una scala a pioli, ma purtroppo era stata presa per allestire gagliardetti e palloncini e non c'era. L'ingegnoso individuo, tuttavia, trovò una grande botte vuota, la fece rotolare fino a sotto il soppalco, la capovolse e vi dispose a fianco delle balle di fieno, costruendo una sorta di scala dorata. Con quella gli fu facile portarsi al piano di sopra e procedere fino alla finestra.

«Perfetto!», mormorò soddisfatto, guardando il palco a un centinaio di metri di distanza.

Dispose altre balle per nascondervisi dietro, in modo da vedere i relatori senza che nessuno facesse caso a lui. Poi, finalmente, aprì la custodia del suo strumento.

Più volte aveva assaporato quella scena, e adesso poteva viverla.

Si tolse la barba posticcia che gli prudeva terribilmente e ripensò a quel che gli aveva chiesto il venditore con il sigaro al momento dell'acquisto: «Il "bersaglio" guida un'auto blindata?».

«Non guida un'auto blindata. Non guida nemmeno, a dire il vero. Ma l'idea di polverizzarlo mi alletta molto!»

«Dia retta a me!», aveva consigliato l'ometto. «Inutile sparare a un moscerino con un carrarmato! Le consiglio una cosa leggera, che potrà nascondere facilmente!», e gli aveva mostrato una piccola pistola automatica, aveva fatto uscire il caricatore e con una mossa esperta lo aveva reinserito facendolo scattare.

«No. Voglio quello», aveva detto lui, indicando risoluto un grosso fucile di precisione smontabile con mirino. E non c'era stato verso di convincerlo del contrario, anche se non aveva mai sparato in vita sua e anche se, come l'omino con il sigaro si era premurato di spiegargli, le istruzioni per quel complicato aggeggio di non recentissima costruzione erano soltanto in tedesco.

Adesso Mr Taccagn era lì, con un fucile di precisione da montare, un libretto di istruzioni incomprensibile, un dizionario minuscolo e solo tre proiettili a disposizione (già, perché dopo aver speso tutti i suoi risparmi per il fucile, aveva scoperto che i proiettili non erano inclusi nel prezzo, e dopo una lite furiosa era riuscito a farsene regalare soltanto tre).

Mentre guardava McPear e la professoressa Byron che parlavano sul palco, Mr Taccagn pensò che tre sarebbero stati più che sufficienti. Tre: il numero perfetto! Doveva solo montare il fucile e attendere che il bamboccio salisse sul palco.

Non aveva bisogno di prove, lui! Il suo odio avrebbe fatto tutto da solo, aggiustando la sua mira. Si apprestò così a montare l'arma. La cosa era più complicata del previsto, eppure l'aveva visto fare in un film e sembrava così semplice.

Aprì il libretto. Metodo! Occorreva metodo! Seguire le istruzioni passo passo. Ma già, erano in tedesco. Il dizionario. Frugò in tutte le tasche e alla fine lo trovò. Ma che diavolo di dizionario era? Non c'erano abbastanza parole. Tradusse alla meglio che doveva avvitare un gallo su un carretto. Poi infilare un uovo nel mirino.

Al terzo tentativo si maledisse per non aver tradotto prima le istruzioni e aver risparmiato sul dizionario, e dalla rabbia lo lanciò dalla finestra, ma non si diede per vinto. A senso, sarebbe andato a senso. Ecco fatto! Bastava un po' di attitudine. Purtroppo però erano avanzate una molla, una vite e una levetta. Occorreva rifare tutto daccapo.

Intanto sul palco si alternavano i professori sorridenti. Arrivato ormai al terzo tentativo di montaggio, vide che trasmettevano un filmato.

Poi sentì dei rumori. Sotto di lui due contadini stavano entrando nel fienile con delle grandi taniche. Si nascose e fece silenzio, sperando che non salissero al piano di sopra. Sentì che parlavano e muovevano del fieno, ma non distinse le parole.

«Mi sa che neanche i maiali la vorranno questa sbobba! Comunque capovolgiamo questa vecchia botte e versiamola qui, magari Palladineve la gradirà. Ci sono queste balle di fieno che sembrano messe apposta per permetterci di arrivare all'orlo», disse il più vecchio.

L'altro più giovane commentò: «Giuro che una vecchia così testarda non l'avevo mai vista. C'è toccato legarla! O avrebbe rovinato la festa pretendendo che tutti mangiassero questa sbobba!».

Taccagn li vide uscire e in quell'attimo, *zac!*, l'ultimo pezzo andò a posto senza che gli avanzasse nulla! A un tratto gli sembrò di sentire una strana puzza di cavolo spandersi nell'aria, ma aveva altro a cui pensare. Inserì il primo colpo e attese. Sentiva scrosci di applausi in lontananza. Tutto, a giudicare da quanto vedeva dal mirino del fucile, stava andando maledettamente bene. Insopportabile!

A un certo punto il preside McPear disse che avrebbero

raccolto le preiscrizioni dei presenti. Il lord cancelliere intimo della regina si alzò e manifestò pubblicamente l'intenzione di iscrivere tutti i suoi sette figli nella nuova scuola. Ci fu un applauso fragoroso.

Costui era rimasto colpito soprattutto dalla testimonianza del baronetto Von Hausen che, con un abito nuovo e su misura per l'occasione, guardando di tanto in tanto verso l'entrata nella speranza che il padre giungesse, aveva attribuito il merito delle sue maniere alla scuola e aveva fatto un discorso con tale eleganza da far desiderare a tutti i genitori presenti di vedere i propri figli e le proprie figlie così trasformati.

Per tutto il tempo Mr Gregor, seduto in prima fila, aveva guardato il nuovo McPear senza capacitarsi del cambiamento. Si era meravigliato specialmente quando il preside l'aveva abbracciato complimentandosi per Primo. Una cosa inconcepibile per il McPear che conosceva. E non si trattava nemmeno di una cortesia di circostanza, poiché aveva avvertito in quel saluto una sincerità tale che all'improvviso Mr Gregor si era accorto di non avere più paura del vecchio. Un'idea gli attraversò la mente. Chinò la testa verso l'orecchio di Katiuscia e sussurrò: «Mia adorata. Abbiamo mandato Primo da McPear perché quest'ultimo lo cambiasse, e invece mi sa proprio che è avvenuto il contrario!».

Fu proprio McPear a dire: «E adesso vorrei che salissero sul palco tutti i ragazzi della ex Università Tuttomio McPear, che dopo le vacanze frequenteranno la nuova scuola, Fattoria Bioecodidattica, scuola di vita Stevenson McPear!».

I ragazzi non si fecero pregare e gli si strinsero intorno, mentre lui, schiarendosi la voce, continuava: «Devo ringraziare ognuno di voi, ragazzi, per avermi sopportato e supportato in tutti questi anni», rise della sua battuta. «Ma credo che noi tutti dobbiamo ringraziare la fortuna che il cielo ha voluto concederci donandoci un allievo, un bambino e un amico come Primo Smirth!

«Sua è stata l'idea di questa Fattoria Bioecodidattica, a lui e alla sua candida bontà tanti di noi devono molto, ognuno a suo modo. Credo che nella vita uno come lui (e come molti di voi) riuscirà in qualsiasi professione intraprenda. Ma non posso fare a meno di pensare che potrebbe essere un ottimo insegnante...».

Mentre il preside pronunciava queste parole, il volto rosso e imbarazzato di Primo comparve dentro il mirino di precisione del fucile di Mr Taccagn...

Questi prese fiato, mirò e sparò!

Il colpo passò a pochi centimetri dall'orecchio di McPear e andò a conficcarsi nella corteccia di una vecchia quercia sul confine della proprietà.

McPear non se ne accorse e seguitò a parlare, elogiando i ragazzi a uno a uno. Sentì come una vespa ronzargli vicino all'orecchio e fece il gesto di scacciarla con la mano.

Katiuscia e Mr Gregor erano gonfi di orgoglio, gli applausi si sprecavano, e quello dedicato a Primo era stato particolarmente lungo e sostenuto con entusiasmo da tutti i compagni.

«Tutti gli vogliono bene!», disse Katiuscia, scoppiando in lacrime dall'emozione.

Mr Taccagn, intanto, sudava freddo: quel maledetto fucile tirava a destra di una ventina di centimetri. Realizzò che aggiustando il tiro e puntando a sinistra della testa di Primo dei medesimi venti centimetri, avrebbe fatto centro.

Concentratissimo, puntò ancora, mirò e fece fuoco calcolando lo spostamento e *POFF!*: un secondo colpo volò vicino alla testa di Primo e si perse dietro le sue spalle chissà dove. Nessuno se ne accorse.

Mr Taccagn deglutì asciugandosi la fronte. Gli restava solo un colpo. Forse era il silenziatore a complicare le cose e deviare i colpi. Decise di toglierlo. Inserì il terzo colpo proprio mentre il vecchio Palladineve veniva fatto salire sul palco come mascotte della scuola e Primo veniva invitato a salirgli in groppa come faceva da bambino, mentre i figli di Enrichetta lo reggevano.

Di nuovo il volto sorridente di Primo comparve al centro del mirino. Nel frattempo, però, Palladineve era entrato in agitazione. C'era troppa gente, troppa confusione. Si scrollò come un cavallo imbizzarrito, e sollevandosi quasi in piedi sulle zampe posteriori, disarcionò Primo che cadde a gambe all'aria. In quello stesso istante, si sentì un colpo secco, fortissimo, che riempì l'aria: *BANG!*

Qualcuno gridò: «Hanno sparato, hanno sparato dal fienile!», e tutti si gettarono a terra. Primo fu soccorso e tirato

su, ma non era stato colpito. Al suo posto il povero Palladineve era a terra e grugniva di dolore.

Mr Taccagn, vedendo che alcuni del pubblico lo indica-
vano, si diede precipitosamente alla fuga, ma appena messo
il piede fuori dal soppalco per scendere sulla botte, non trovò più il suo punto d'appoggio – i due contadini avevano
capovolto la botte per riempirla – e vi cadde dentro, precipitando nella celebre zuppa di Beppa Janez.

37.
Un finale
REGALE

Beppa Janez, che nel frattempo si era liberata a fatica dalle corde che la legavano e aveva seguito il celebre "profumo" della sua zuppa come un segugio, giunse nel fienile appena in tempo per vedere una folla di invitati che rovesciava la botte.

Una grande pozza della sua celebre zuppa arrivò a bagnarle i piedi. La riconobbe quasi con certezza, si chinò, vi intinse il dito, lo succhiò e non ebbe più dubbi. Maledetti! Sciupare così quel bendidio! Ma chi era quell'essere che stavano traendo fuori dalla botte e che amava la sua zuppa a tal punto da volerci fare il bagno dentro?

Quando due o tre degli uomini tirarono su Mr Taccagn, il ruvido cuoricino di Beppa Janez palpitò ed esclamò: «Porco d'un diavolo! Ma sei tu, Buster, mio adorato!».

Ignorando le sue parole, Mr Taccagn, zuppo di zuppa maleodorante, fissò a uno a uno i presenti, domandando fuori di sé: «L'ho colpito? L'ho ucciso? L'ho distrutto?!?! Vi prego, ditemi che ho ucciso quell'immonda creaturaaaa!!!».

«Penso che ci sia riuscito, purtroppo. Ma perché voleva

uccidere il nostro maiale?!», domandò uno dei figli di Enrichetta.

«No!! Non il maiale. Non ditemi che ho colpito il maiale...
Primo! Primo Smirth! Il terribile, il malefico, il diabolico, l'immonda creatura Primo Smirth!», e cercando di liberarsi come
uno scalmanato urlò: «Dov'è?!!! Dov'è?!!! Lasciatemi, lasciate
che lo strozzi con le mie mani. Fate attenzione! Fate attenzione,
siete tutti vittime del suo incantesimo!! Attenzione, vi dico!».

Poi fra gli astanti intravide quello che era stato il suo nume
tutelare e maestro e gli si rivolse disperato: «Preside McPear,
lei è vittima di quel malefico bambino! Lo capisce che volevo
salvarla? Salvarla!», e iniziò a singhiozzare disperatamente.

«Ho fallito! Ho fallito!», mormorava fra i singhiozzi,
sgranando gli occhi da matto. «È la fine per tutti voi, la fine
del mondo! Scappate, giacché io ho fallito!»

Finalmente sopraggiunsero dei poliziotti che lo presero
in consegna e chiamarono subito un'ambulanza dal vicino
manicomio.

«Povero Mr Taccagn», mormorò McPear tristemente.
«Se è arrivato a tanto, ha proprio bisogno di aiuto!»

«Ma chi è costui? Questo pazzo che vuol uccidere un
bambino, che ha messo a repentaglio le nostre vite?», domandò il lord cancelliere.

«Costui è impazzito d'amore per la mia zuppa! Costui è
il mio grande amore Buster Taccagn, segretario della scuola e collaboratore fidato di McPear!», proclamò a voce alta
Beppa Janez e, senza aggiungere altro, corse dietro ai poliziotti e pretese di salire anche lei sulla volante.

«È vero ciò che ha detto quell'orribile donna?», domandò l'uomo rivolto a McPear.

McPear mormorò: «Da tempo non stava bene, non lavorava più nella scuola...».

«Quindi lo ammette!», esordì il cancelliere arringando gli astanti. «E voi pensate che noi ci arrischieremmo a mandare i nostri figli in una scuola dove il segretario odia così tanto i ragazzi da sparargli addosso con un fucile di precisione?!? Mai! Mai e poi mai!»

«Ma aspettate, lasciate che vi spieghi!», intervenne McPear.

«Le posso assicurare...», lo sostenne ingenuamente Enrichetta Stevenson, «che nessuno dei docenti rimasti odia i ragazzi!».

Ma ogni giustificazione era oramai inutile. Alla testa delle famiglie intervenute alla cerimonia, il lord cancelliere voltò le spalle e se ne andò, procedendo a grandi passi verso il cancello d'uscita e strappando platealmente le copie delle preiscrizioni dei figli, imitato da tutti gli altri genitori.

Se anche Mr Taccagn nella sua follia non era riuscito a uccidere Primo, quello che riteneva essere il suo mortale nemico, era comunque riuscito nel suo intento: rovinare la scuola, McPear, Enrichetta Stevenson e la sua famiglia a un tempo.

Mentre il veterinario del paese constatava che Palladineve non era morto e nemmeno in pericolo di vita, ma ferito alla spalla destra, i ragazzi della scuola con i pochi genitori che erano riusciti a trattenere, gli insegnanti, McPear e il fratello e la famiglia di Enrichetta si ritrovarono soli di fronte a un enorme buffet che non era stato nemmeno toccato.

«Be', tanto vale mangiare!», disse Enrichetta Stevenson in lacrime.

Ma nessuno aveva più fame.

Di tutta la compagnia mancavano solo Vinicio e Von Hausen, che di fronte al cancello stavano accogliendo il padre di Vinicio, giunto con una mastodontica Rolls Royce nera guidata dall'autista. Gli stavano raccontando cos'era malauguratamente accaduto, dello sparo e dello scompiglio che ne era seguito.

«Dunque tu saresti il figlio del barone Von Hausen, quella canaglia!», esclamò burbero l'uomo. «Ma ci siamo divertiti, a suo tempo! Eravamo giovani e sempre in competizione! Dov'è tuo padre?»

«Temo che non sia potuto venire...», ammise Von Hausen.

«Capisco, oh, non sai quanto lo capisco. Gli impegni, questi maledetti impegni!»

Poi i tre si voltarono e videro la folla che procedeva verso il cancello guidata dal lord cancelliere.

Von Hausen con la solita prontezza di spirito gli andò subito incontro, allargando le braccia: «Andate già via, signori?».

«Senza porre tempo in mezzo!», disse il lord cancelliere.

«Peccato, vi perderete uno splendido buffet!»

«Abbiamo già assaggiato i vostri killer della casa in zuppa di cavolo puzzolente e devo dire che ci sono bastati!», replicò il lord cancelliere sdegnato.

«Ah! Quante storie per un piccolo incidente! La credevo

un uomo di mondo e di spirito, Milord!», provò a dire il padre di Vinicio.

«Non ho altro da dire...», reagì l'altro.

Mentre il gruppo stava per varcare il cancello, però, sopraggiunsero due poliziotti motociclisti annunciati dalle loro sirene spiegate.

«Ancora polizia?», domandò il lord cancelliere dando voce alla domanda che nel medesimo istante si erano posti tutti i presenti.

I poliziotti, senza scendere dalle moto, fecero sloggiare l'auto del padre di Vinicio, mentre giungeva sgommando un'altra lucidissima auto della polizia dalla quale scesero diversi uomini eleganti e muscolosi, chiaramente degli agenti in borghese. Poi, finalmente, comparve il muso di un'altra lunga Rolls Royce, ma bianca, stavolta, e molto più lunga. Ne discese un ometto con i baffi bianchi che, come si seppe poi, era il barone Von Hausen.

Indossava il monocolo, era elegantemente vestito, fece signorilmente il giro dell'auto e andò ad aprire la portiera, annunciando con pompa: «Signori e signore, Sua Maestà la regina d'Inghilterra!». Poi porse la mano e comparve lei: prima una mano guantata di pizzo giallo pallido e poi proprio lei in persona, vestita con un abitino giallo a margheritoni e uno dei suoi celebri cappellini colmo di fiori in tutti i toni del giallo, rifinito da una graziosa veletta dello stesso giallino dei guanti. Un gusto raccapricciante, ma regale.

Tutti si inchinarono. Il lord cancelliere le corse incontro, si inginocchiò e baciò la mano guantata.

«Ben arrivata, Maestà! Che sorpresa!»

La regina fece un cenno ai presenti, come per dire: "Comodi! Comodi!", poi, nel silenzio creato dallo stupore e dalla reverenza, mormorò alla piccola folla: «Sono qui su invito e preghiera del mio buon amico il diplomatico barone Von Hausen, per iscrivere mia nipote alla più innovativa e migliore scuola di Inghilterra!», e poi, rivolta al lord cancelliere: «Immagino voi siate qui per lo stesso motivo!».

«Senz'altro!», si affrettò a confermare il lord cancelliere. «Ho già iscritto tutti i miei ragazzi. Un'ottima scuola! Ottima!»

Con la regina in testa, circondata dalle guardie del corpo, la comitiva riprese la strada a ritroso verso il buffet.

Ed è così che se la videro giungere i McPear, Enrichetta e famiglia, Mr Gregor, Katiuscia, Primo, i ragazzi della scuola e tutti gli altri rimanendo letteralmente a bocca aperta, pietrificati dalla meravigliosa apparizione. Enrichetta Stevenson rischiò di svenire e con lei il vecchio McPear, soccorsi rispettivamente dal fratello e da Katiuscia.

Primo sorrideva, intanto, ancora turbato da quello che era successo con Mr Taccagn. Meditava in cuor suo che si fosse trattato di un accesso d'ira passeggero e che senz'altro, una volta che fosse stato meglio, l'uomo gli avrebbe chiesto scusa. Dal canto suo, lui sapeva già che l'avrebbe perdonato, perché lui era fatto così... e il povero Mr Taccagn gli aveva sempre fatto più pena che rabbia.

38.
Una GIORNATA indimenticabile

Fu quella una giornata davvero indimenticabile, durante la quale successero cose che i più avrebbero ritenuto incredibili, se non addirittura inimmaginabili. Ma, come recita il detto, non di rado "la realtà supera la fantasia": la regina, Katiuscia ed Enrichetta guardarono insieme l'album di Primo sedute su un divano tappezzato da enormi margheritoni gialli, sorseggiando il tè. La regina vi si mimetizzava perfettamente, tanto che da due passi di distanza sembrava che solo la sua testa regale, galleggiando a mezz'aria fra le due donne di mole opposta, bevesse il tè e commentasse le foto.

Più tardi, il preside McPear e suo fratello vollero farsi ritrarre a cavallo di due dei maiali più giovani, ed Enrichetta li accontentò volentieri. Mr Forcent annunciò le sue future nozze con la professoressa Byron, con Trotter e Violet Belfagor come testimoni. A un certo punto perfino il signor Johnson comparve fra gli invitati. Ricordate l'anziano uomo d'affari che all'inizio di questa storia stava per essere ingannato da Mr Gregor? Be', cogliendo l'occasione, Mr Gregor lo avvicinò e imbarazzato chiese: «Anche lei qui, signore?».

«Già, mi ha invitato suo figlio!», rispose l'uomo divertito.

«Ne sono felice e... vorrei chiederle scusa, se mi consente.»

«Scuse accettate. Del resto non è successo nulla, non è vero? Credo che Primo abbia avuto una splendida idea con questa scuola. Sa se accettano delle donazioni?»

«Credo che ne abbiano un gran bisogno, e anch'io pensavo di parlarne a mia moglie! Sa, oltre alla nipote della regina, ci saranno anche allievi del paese, e bambini che non potrebbero certo permettersi di pagare la retta...»

«Sa che suo figlio rischia di fare di lei un grand'uomo?», lo canzonò bonariamente Mr Johnson. «Ci stia attento! Ci stia attento!», e si allontanò con il suo cocktail ridendosela fra sé e sé e sfilando di fronte a una panchina sulla quale sedevano altri due gentiluomini: il padre di Vinicio e quello di Von Hausen, che parlavano amabilmente.

«I nostri figli sembrano andare d'accordo. Noi invece per niente... Ricordi quella volta che ti misi una rana nel cestino della colazione?», stava dicendo in quel momento il capitano d'azienda.

«E tu ti ricordi quella volta che misi un secchio pieno d'acqua fredda in bilico sulla tua porta?», replicò il barone.

«E chi se lo dimentica, mio caro, ho ancora i brividi! Come ci odiavamo, e come odiavamo McPear! Eppure oggi che abbiamo i figli grandi e i sessanta si avvicinano, be', mi capita di pensare che nessuno mi conosce bene come te. Insomma, cos'ho da spartire con la maggior parte dei miei tirapiedi? Tu invece...», guardò l'altro con un mezzo sorriso. «Alla fine il nostro peggior nemico è la persona più preziosa che ci sia, perché è in grado di cantarcele senza tanti sala-melecchi.»

«Giusto! Ma nemico è una parola grossa», obiettò il barone. «È passato tanto tempo. Piuttosto mi viene da dire che io nel clima tremendo e combattivo di quella scuola, ti invidiavo! E segretamente ho sempre saputo che tu eri migliore di me.»

«Ma non lo dire nemmeno per scherzo! Io, ti invidiavo. Invidiavo la tua classe, la tua nobiltà, tutte cose che sapevo di non poter comprare e che non avrei mai avuto. E del resto, guarda cosa riesci a fare! Hai portato qui la regina d'Inghilterra! Ma come hai fatto?»

«Oh, be'... La regina era intima amica di mia moglie. Quando lei morì, prematuramente, ricevetti una sua lettera, dove mi diceva che per qualsiasi cosa, se avessi avuto biso-gno di lei... mi sarebbe bastato spedire un telegramma e lei si sarebbe resa disponibile.»

«Ma potevi chiedere una carica, una concessione, una cosa ben più importante!»

«No, non avrei mai potuto chiedere qualcosa per me, ma quando ho visto quanto mio figlio tenesse alla buona riuscita di questo progetto, dopo quanto l'ho trascurato...», si strinse nelle spalle.

«Carissimo, prima di oggi sarei stato felicissimo di sa-perti in rovina, e, invece, adesso... Però potresti lavorare per me, *con* me! Avrei bisogno di qualcuno per...»

Il barone scoppiò in una risata di cuore. «Mio caro, c'è un limite a tutto! Siamo pur sempre vecchi rivali, non to-gliermi questo divertimento. E poi, dai retta a me: sono un pessimo uomo d'affari, ormai è chiaro. Ma se ti serve un corso intensivo di buone maniere...»

Sul prato alle loro spalle si udivano le chiacchiere degli ospiti.

«Le mie amiche schiatteranno d'invidia quando racconterò che ho stretto la sua mano regale e conversato con lei... E che il mio Patrick va nella stessa scuola della principessa! Adesso non è nemmeno più una questione di prezzo. La preiscrizione è fatta e, costi quel che costi, nessuno ci soffierà il posto!»

«Puoi ben dirlo, mia cara. Non sei contenta?! Immagina la soddisfazione di raccontarlo alle serate in società!»

«E poi questi villici sono così autentici, così *naïf*. Tutto è bio ed ecologico, è così *à la page* questa scuola!»

Per tutti i presenti, il brutto episodio di Mr Taccagn era già dimenticato!

E infatti la scuola ebbe un grande successo. Resta solo da dire che Primo si ritrovò a crescere lì dove aveva sempre sognato, fra la natura e gli animali, vicino a Enrichetta e... ai suoi genitori. Katiuscia e Mr Gregor, infatti, vendettero le loro attività e si trasferirono in un simpatico cottage vicino alla scuola e a Primo.

Oggi Katiuscia e Gregor possiedono due cavalli, sette cani, tre tartarughe e un gatto con un pelo particolare, che non dà allergia.

Mr Gregor non fa che fotografare ogni cosa e soprattutto Primo.

Si è comprato un cavalletto, dei pennelli, una tela e una cassetta di colori e ogni tanto monta la tela sul cavalletto e nel bel mezzo di un prato si siede e la guarda per ore. Forse un giorno troverà il coraggio di aprire un tubetto, macchiare la tavolozza, intingerci il pennello e provare a fermare uno dei bellissimi scarabocchi che nella sua fantasia vede mutare sopra la tela. Dice che lo fa star bene. È come uno di quei pescatori che stanno per ore a fissare il sughero ma non tirano mai su nemmeno un pesce, ma nonostante ciò, o forse proprio per questo, seguitano a pescare.

Katiuscia l'ha capito, lo vede contento e lo lascia fare senza dire nulla.

Mr Forcent e la professoressa Byron hanno coronato il loro sogno e si sono sposati.

E anche Trotter e la professoressa Violet convivono. Il barone Von Hausen è stato assunto nella scuola come segretario, giacché ci voleva qualcuno in grado di comunicare con i genitori membri della nobiltà e insegnare galateo e buone maniere.

Il vecchio Palladineve zoppica un po', ma se l'è cavata; il fratello di McPear si è rivelato un ottimo ceramista e maestro d'arte per i ragazzi; mentre Botolo, così Primo ha chiamato il suo cane, e Adamo sono sempre insieme e tutti sembrano essere contenti.

Tutti tranne Mr Hurp, che continua a passare di fronte al negozio d'antiquariato e a guardarci dentro mormorando indispettito: «Ma dove sarà finito quel bambino... Un tempo sì che c'era gente generosa in Inghilterra!».

E Mr Taccagn? Be', lui non è proprio contento, ma dopo le cure nel manicomio criminale ha finalmente ottenuto gli arresti domiciliari presso una cara ragazza di nostra conoscenza.

Lì fantastica evasioni e vendette. All'ora dei pasti lo si sente urlare: «Basta! Basta! In galera! Portatemi in galera!».

Ma Beppa Janez non ci fa caso, sa che i suoi nervi sono fragili e che per ristabilirsi non c'è nulla di meglio delle sue cure e della sua... celebre zuppa.

E quello là chi è? Ma perdindirindina, è il vecchio McPear che tiene per mano una bambina. La bambina sta piangendo. Lui si siede su una panchina, la fa sedere al suo fianco e le dice: «Che c'è che non va, signorina?», e le sorride.

Lei tira su con il naso e lo guarda con gli occhi chiari colmi di lacrime e di fiducia. E lui la ascolta raccontare della lite con una compagna e finalmente si sente ricco, ricco come non è mai stato.

Queste e altre cose succedono alla Fattoria Bioecodidattica, piena zeppa di insopportabili rampolli della nobiltà, ma anche di tanti simpatici ragazzi che imparano un sacco di cose. Perfino i maiali mangiano bio e vegano alla fattoria Stevenson McPear, e per poco non si siedono a tavola con forchetta e tovagliolo. Del resto nessuno oserebbe mangiarli, né far loro del male. Roba da matti per la gente del paese, che ride e scuote la testa quando ci pensa.

EPILOGO

Una forte nevicata aveva imbiancato ogni cosa quella mattina, e adesso sotto la luce della luna che a tratti faceva capolino dietro a grandi nubi blu, si intravedevano coperti dal bianco manto i campi, gli alberi e gli edifici della Fattoria Bioecodidattica Stevenson McPear.

Dietro il padiglione di scienze comparve una luce, che si accese e si spense tre volte. Da sotto il portico della scuola, un'altra piccola luce tonda rispose, anche lei accendendosi e spegnendosi tre volte.

Poi tre ombre, due più lunghe e una un poco più bassa, attraversarono di corsa il prato e il silenzio della notte fu rotto appena dal rumore lieve della neve ghiacciata che scricchiolava sotto le suole a ogni passo. Arrivarono all'altezza del padiglione di scienze e vi si nascosero dietro, in modo che dalla casa e dai dormitori non potessero più essere visti.

Si guardarono intorno: ma dov'era finito?

Tutto-mio! Tutto-mio!!, si udì nella notte il verso della civetta. Vinicio si portò le mani alla bocca e lo ripeté: «Tutto-mio! Tutto-mio!».

Ecco che da dietro un albero comparve una piccola sagoma e camminò verso di loro. Von Hausen accese la pila e l'illuminò, rivelando i capelli rossi e il sorriso furbo di Peter. Era proprio lui, ma non era più tanto piccolo.

«E spegni!», gli sussurrò. «Vuoi che Trotter ci becchi?»

«Chi? Il vecchio Trotter? Ma figurati, sarà andato al cinema con la Belfagor a vedere una commedia romantica come al solito!»

«No», intervenne Primo. «Andavano a teatro con il professor Forcent e la Byron, anzi la signora Forcent, come vuole esser chiamata adesso!»

Anche lui, Primo, era cresciuto. Disse: «Peter, hai trovato tutto per stanotte?».

Peter strizzò l'occhio, lo intravidero appena nel buio. Poi annuì battendosi la mano sul petto all'altezza della tasca.

«Stasera li facciamo tutti fessi!», disse Von Hausen con un sorriso.

«Se ci scoprono o se ci vede qualcuno siamo fregati!»

«Nessuno può scoprirci, abbiamo calcolato tutto», disse Primo. «Stasera ci divertiamo!»

«Lo spero. È una tale noia questa scuola! Finalmente uno strappo alla monotonia della perfezione...», l'appoggiò Vinicio.

«I ragazzi del paese ci aspettano dietro il cimitero, ci sono anche Jonathan e David, e hanno le auto», disse Peter, e rise.

«L'importante è tornare prima che sia giorno e farsi trovare a letto quando suona la sveglia!», puntualizzò Von Hausen divertito.

Per lui e Vinicio quello sarebbe stato l'ultimo anno, poi sarebbero andati al liceo.

Intanto erano arrivati camminando fino alla rete. La saltarono arrampicandosi come gatti e lasciandosi cadere dall'altra parte. Vinicio e Von Hausen si fermarono ad aiutare a ridiscendere Primo e Peter.

Presero a camminare affiancati verso il paese.

«Pensa se lo scoprissero Enrichetta o McPear», disse Vinicio divertito.

«Gli verrebbe un colpo, di sicuro!», disse Peter.

«Per così poco! Gli adulti non si sanno proprio divertire! Che cos'è la vita senza un po' di avventura e di sorpresa!»

«Anche se le sorprese non sono sempre piacevoli!», asserì Von Hausen.

«A proposito di sorprese: vi ricordate quella volta che Mr Taccagn si ritrovò la zuppa di Beppa Janez nell'ufficio al posto del buffet e tutti pensarono che l'avesse rubata?», disse Primo a un certo punto.

«Sì», rispose Peter, «e si beccò un bacio sulla bocca da Beppa Janez!».

I ragazzi scoppiarono a ridere. «E chi se la dimentica quella», disse Vinicio. «Non me la dimenticherò mai, dovessi vivere cento anni! Chissà che fine ha fatto il vecchio Buster...»

A tutti loro capitava di ripensare al McPear di una volta, e alla Tuttomio vecchio stile, con un senso di nostalgia per quel periodo della loro vita e per quanto vi avevano vissuto.

A volte provavano tenerezza per i nuovi arrivati, che alla

Tuttomio non avevano mai messo piede. Si sentivano come dei veterani reduci da una guerra che ai nuovi non sarebbe toccato più di combattere.

Ridevano avanzando nella neve, divenendo sempre più piccoli, nell'immensità della notte e della grande distesa bianca, mentre già poco distante si intravedevano le prime luci del villaggio. Primo sperava in cuor suo che ci fosse anche Clara, una ragazzina del paese con i capelli chiari, timida e minuta, o la festa per lui non sarebbe stata la stessa.

«Stasera faremo pazzie!», disse Peter.

«Sì, e chi ci ferma stasera!», gioì Von Hausen.

Sulla neve si dipanavano le loro orme, nel cielo le nubi si erano diradate, le stelle scintillavano immobili nella galassia, i pianeti orbitavano, la terra girava inclinata sul proprio asse, di nuovo come doveva girare e aveva sempre girato.

Indice

FABRIZIO SILEI

Scrittore e artista, ha fondato nel 2014 l'Ornitorinco Atelier, dove tiene corsi e laboratori per bambini e adulti. Vincitore del Premio Andersen come Miglior Autore nel 2014, i suoi libri sono tradotti in molti paesi. Fra i suoi romanzi più amati, *Il bambino di vetro* (Einaudi), *Se il diavolo porta il cappello* (Salani) e *Nemmeno con un fiore* (Giunti). Per Il Castoro ha già pubblicato *Mio nonno è una bestia*.

ADRIANO GON

Artista e illustratore, espone in Italia e all'estero e collabora con alcuni fra i più importanti editori italiani per ragazzi. Con il suo tratto ha dato vita ai mondi di numerosi autori per ragazzi, fra cui Susanna Tamaro, Vivian Lamarque, Gianni Rodari, Anne Fine. Per Il Castoro ha illustrato *Mio nonno è una bestia* di Fabrizio Silei.

Finito di stampare nel mese di novembre 2017 presso
Elcograf S.p.A. - Stabilimento di Cles (TN)

Preside McPear

Primo

Mister Taccagn

Adamo

Gregor e Katiuscia Smith